U0057450

每個人心中都有一座島嶼，
藉文字呼息而靜謐，
Island，我們心靈的岸。

的／你火
黑子爐
天日／是

羅毓嘉

陳青栢

——獻給母親們

【代自序】

天黑的日子你是爐火

這本書出版的時候我將第七次幫你過生日，親愛的Ｗ。

海兩邊的日子，在看得到海的地方我從香港的高樓廣廈之間抬頭，凡過了正午便沒有陽光了。日子往常很慢，分隔很長，相聚又短的日子啊，它是爐火，煎著我們雙手。

若不是你我不會一再抵達香港。或許我不會看見在每個拜天，那些菲律賓女

人坐在中環地上，這麼隨便地交談著，聽收音機，嚼麥當勞。我不會看見有一個男人穿著套嶄新的西裝，手裡提著剛買的大衣，從菲律賓女人身邊走過。若非你，我不會有一個香港的工作令我一再航行，彷彿我一個人，是那樣輕，那樣淺。像海。像風。吹過便散了而港邊陌生的女子說著我陌生的語言。我聽了，似明，唔明，但那也是你的語言與你有關。於是它與我也有了關聯。

親愛的W。其實我往常想——台灣，台北，這個地方，每一個年輕的男孩女孩相遇了相愛了，在捷運上擁抱了。他們正在奔往怎樣的前途呢？我們畢竟不能知曉。好比二〇〇九年，那樣赤裸簡單的我與你認識了，還不能設想如今我會有怎樣的生活。所賺，所用，其實就是生存本身。

那是我原本不知道的事物。但因為你，我能多親近它一些。即使我曾如此排拒。

親愛的W你知道的，我喜歡盯著機場航班的顯示屏，令它告訴我，有那麼多的地方我不曾前去，尚有一趟飛行都是我所不曾完成，寄一張明信片，傳一則Whats App，或許，再寫一封email給你。而你會在機場快線的月台邊翻開你的臉，命我親吻。於是這些，所有這些，都變成了時間所帶給我們的慣習。而我想這樣很好。即使我慢慢變成平淡的大人，有一份工，每個月等待出糧，少數了一些日子，我們看著夕陽它用等速下落，落得很急，天就這樣黑了。

可是天黑的日子你是爐火，親愛的W你總是煎著我的雙手。

曾經我有個黑暗的時代，吞食著生活裡每一刻的暴躁與尖銳，彷彿在業已跳電的房間裡吃一碗黑暗的粥。然後你出現。我不會說每一刻都是光明的，但你會適時捻開燈，罵罵咧咧說，你要死了，你要每一天變成一個更好的人。

朋友們說我是鐵M。愛的受虐狂。

當然我是。為了你我可以變成任何東西。也是時間，非常專注與安靜，慢慢把我們變成了彼此。

親愛的W。時間過去了我不必再說生日快樂只因我希望你每一天都是快樂的。讓我們在每一趟相聚的旅程之前，拉上行李袋的拉鍊，細心查檢護照，錢包，登機證。再刷一次牙，把一切準備好，準備好會面，準備好感受到你我就在彼此的身邊。我們將會走出去，關上門，在門後留下自己，看著你遠遠走來我將同你揮手。

讓你我，讓兩個人成為我們，讓每一天都是更好的日子。

朋友說，還有甚麼比寫一本情書給對方更浪漫的事？我想了想，這畢竟是我全部擁有所能夠給你的了。親愛的W。

目錄

輯一・在此

輯二・不在

輯三・我城

輯四・我執

雨總是及時地落下
我將書簡投郵
寫著這些
不輕，不重
都只是怪你太過美麗

輯一

在此

與傲嬌共進晚餐

他總是來台北找我吃晚餐。

即使是長週末，情人的週末也抵不過三、四頓晚餐，我們見面時刻又多數是在落日之後，他問，要不要先哪兒喝一杯。或者他說，要從機場帶瓶紅酒嗎？每當他選擇用餐地點，吃來吃去總是那幾家。無論港島，台北，或者世界其他城市。爐端燒總是銅鑼灣澳門逸園中心那家，麻辣鍋往信義路去，台菜呢，則更不脫是永康街的選擇了。少許有時他也偏好美式餐廳，法國菜，義大利餐。

荷里活道上酒吧的Happy Hour時段，不需要說話伸出手指比「一」，便有杯白酒再端上桌。

近幾年來金融市場動盪非常，六年多下來，島與島的歷史，也是。可他是那種過分穩定的人，穩定到讓人安心——去到任何地方每間餐廳的跑堂的結帳的全都認得他，認得我，有位店長見到他便喊，啊很會喝的又來了。我們就笑。說還好，還好而已。酒席間整晚充斥了愉悅的空氣。

白天我們的email轉來又轉去，講國際匯市怎麼走，講股市，講退休金。他說台北真慘呢，在上引水產聽說餐飲學校畢業人起薪不過兩萬三到兩萬五。他說，台北該怎麼辦。當我抱怨工作憂煩他說，他媽的你不要每天吵著要辭職，辭職我沒有要養你。又說，可是我也不會讓你餓死，怎麼可能？說完這話他再夾起塊肉吃了，拿起酒杯便喝。他說，你不要喝那麼急你趕著去死。有人講，台北的經濟爛得要倒，半座東區的店面從去年冬天招到現在沒租出去，他便大聲說，所以我要常來台北吃飯才行。

又轉過臉來面著我，冷冷直起下巴說，是我要吃的，不是你。

他有他的品味，吃過了，認可了，便不斷去。點些招牌的料理，問我吃夠了嗎，又給我問來餐廳最趁手的甜品。點一杯波特酒。

這習慣，或許也像他，像他的戀情。

他不斷飛來台北。也不知道他認定的是這座城市還是我。

有些時候他講幾個藉口，說是幾個香港友人央了他一起飛來台北，然後命我按照他的規劃訂了幾間餐廳的桌子然後他說，你要一起來吃。他的霸道也是溫柔，乘著國泰航空來劃開海峽上的空氣，他或許不是行在水面上的人子，卻讓一顆心如摩西分開了海水。在我的新書發表會上，他說，其實我不是羅毓嘉的甚麼人，我是每次跟他吃晚餐付錢的那個人。他們聽他說話聽他絕不標準的國語，他們發出歡快的笑聲。可他從未承認，甚至不願談及了愛，我說我們要結婚嗎？他說，他說，他媽的你在做夢。夢是我們共有的譫妄但他問我吃飽沒有，在燒肉店他問我要不要吃茶泡飯。在日本料理店他問還要不要幾貫壽司。要不要拉麵。要不要雪糕。

他說他沒有要跟我結婚，然後要我儘管去給別人爭取婚姻平權。

我常想自己在跟全世界最厲害的傲嬌戀愛。

或許很好，讓我的生活只剩下工作，酒精，一頭熊，還有他能給我的一切甜美。

他抱怨年底了還有假要休還有未完的航空哩程要換，冷不防又說好啦我來台北吃飯。你要一起來。那幾夜，他照例要我去同他一齊吃麻辣鍋吃日式燒肉。他說，他媽的我要點一塊A10牛排。他說你上次喝得很醉，今天不准喝了。我醜著張臉，說喝一點點嘛。他說，好啦，准了。跑堂的才給我遞上一只高腳杯。

晚餐總是要吃完的深夜他說，好啦，下個月我們在香港機場見呵——還沒意會過來他說他已排好了倫敦旅行的每一頓晚餐。像他總是擔憂我餓著了一樣，最重要的總是晚餐。戀愛也沒有其他，兩個人面對面坐著吃飯喝酒，又或者是在香港街市問幾條鮮魚，炒幾道野菜，燉牛肉，滷雞翼，那就是生活的全部了。他喃喃說，好啦，聖誕節不來了，十二月中從歐洲回來又要讓錢包休息一下。再次回見面，反正他一月七號會在台北的，我佯裝著不知情，問說幹嘛你一月七號要來台北？他瞪大眼睛看我，說你他媽的不是八號生日嗎，當他看進我靈魂我醉得發熱。

六年多下來世界改變很多沒有改變的是他。有些餐廳新開，一些永遠打烊了，有些易主了，更多的是同樣兩個人不斷造訪，讓相同的人服務著。

像我跟他的戀情沒什麼改變，冷的還是冷的熱的還是熱的，他總是來台北找我吃晚餐。朋友問說，某態有沒有說過他愛你？我歪著頭說，相愛的兩個人沒說過幾次我愛你。我說，有時候我想要殺了客戶殺了同事，他吹鬍子瞪眼睛說，你不要當drama queen，你要每天成為一個更好的人。他說自己也想殺了公司CEO，那都是工作的一部分。關於生活他從未安慰我，因為他本身就是安慰。

但那有甚麼？我回答朋友。只要他始終都會記得來台北找我吃晚餐。無論世界如何改變，總會有一張桌子留給我們，讓天黑的日子某個人始終坐在那裡，彼此斟酒，再用筷子指著盤底虱目魚肚的最後一塊魚肚油說，欸你吃啊。

你吃啊。我夠了。他說。而那天深夜在忠孝敦化路口道別時，他噘起嘴，我便在依然鬧熱的人潮當中吻他。感覺每個人都注視我們，或許沒有，接著他滿意地說好啦，下次見呵。

或許他要說的，是「這樣就夠了」。畢竟我每次都是跟一個傲嬌共桌，吃著幾年下來我們的每一頓晚餐。

這樣就夠了。

時間還長

晚餐的韓國菜還是有些太過鹹辣了。他說，要吃甜品嗎？又逕自說，隔壁街有家很好的義大利冰淇淋。他吃一球黑巧克力，我則要了兩球，一球荔枝，一球是白奶油巧克力口味。五月初夏，香港披著燠熱的毯子，冰淇淋很快在他掌心的甜筒上融化。

才遞給他張面紙，他甩了甩手，說不用啦，我有呢。

兩個人舔著冰淇淋，一路從蘇豪山坡上走下來。幾週以來，天氣十分燠熱，光站在路邊也能聞到整座港從腸肚裡湧出甚麼腐壞的，仲夏的氣味。他說，真的受不了，我說，是啊，都還沒六月。走在路邊，我想到甚麼，從口袋掏出早上買什物找贖的幾塊港幣銅板，啫地一下塞進他掌心說，給你。他笑罵，他媽的，你這幾天吃晚飯都沒付錢呢。我也笑，說，等你來台北我請你吃飯咯。

他說，七月吧。我說怎麼，見我見膩啦。

他沒說什麼，只是順手把銅板叮叮噹噹扔進口袋，他藍色襯衫底下腆著肚腩，轉眼，兩個人一座城，踱過威靈頓街口，把吃完的甜筒紙巾唰地丟進垃圾桶。

他說，明天下班你早點去機場，我不來找你了。他說，下班後我要睡二十四小時。

我說好。

在香港工作，緊湊匆忙我活動地區鮮少離開中環，最西不過西環，再是上環，蘇豪，最東，則只到金鐘。在寫字樓與寫字樓間走動，再加上快速跳躍的金融指數，港島熱得像整座城都蒸起了點心坊的莽亂蒸氣。先是見了哪個券商，又跟哪家基金喝了咖啡。再趕赴下一個場所，和消息來源談話，打幾通電話寫妥幾則稿子。一日復一日。忙亂兼帶些手足無措的上班時光，突然便明白了，早先他要我別到香港上班的理由。

猶記得幾年前他說，到香港工作，你肯定沒時間力氣，寫你自己那些沒人看的鬼。

我沒法反對。我總是無法說上自己是否真正喜歡香港，這唯物之城，旅行，和工作，是全然不同的氣味。我運轉得愈來愈快。愈快，愈慌。但另一方面又節制，穩定。像我們。他說，我就一直來台北看你好了。我說，七月要去哪裡旅行，東京好呢，九月要去歐洲嗎，他嘖了一下，說，時間還長呢。

時間還長得很呢。

以為週末是過得夠快了，卻沒想到，在港島上班幾個禮拜，也很快過完。我說，走了。他說，好啦。我伸出手，非常用力地捏了捏他的掌心，感到他熱熱暖暖的力氣傳過來。他說，走吧。他站在街心，遠遠向我揮了揮手。我

知道的，兩人的右腕上是我給兩人買定的一對皮手環，左腕上，則是另一對他帶來台北的NIXON手錶。一紫，一黑。邊走進地鐵站我也向他揮手，做出嘴形跟他說，下次見呵。

*

逃離辦公室之前，我並沒有忘記和同事們道別。匆匆說，下次見。回到港島干諾道的人潮裡，齊等待著行人穿越道喀答喀答的聽障引導音再次加速，加速，跟住緊湊的腳步，往前，再往前。有一瞬間我不辨方向。明明國際金融中心就在那裡，機場快線香港站的方向，只要推開玻璃門，走下幾層電扶梯，就要踏上回家的路了。明明是。我穿得像是個旅人，明明又不是。

兩個禮拜，在香港。我不能好好地說出這是怎麼一回事。

我只是想著，每天回到公寓，看著窗外的上環街頭自忙碌以至暗滅，自壅擠以至空蕩，那黃澄的街燈，想著，生活甚麼時候變成這模樣。

想著，前一日，中環中心旁邊三樓的露天酒吧，編輯舉起了酒杯，說，我覺得你可以做到很好。他說，我們可以一起做到更好。然後他問我，你有沒有想過，自己五年後會成為怎樣的記者？我發怔。一直以為我有想過，但其實我沒有。我只是等待他們給我錨定了方向，便努力往目標游去。人們鼓掌。我就游得快一些。人們說，謝謝你的努力，我便更努力些。只是我不曾想過。

我從來不是喜歡努力的人。可是我又喜歡掌聲。戒不掉。得到了一些便貪求地索要更多。於是我來到香港。是個意外，幾年前我不會知道自己竟真的在這裡。

中環的午餐時間總是像在戰鬥。生活已經是。連吃飯也要。

在麵店前方等候五十個絕望的上班族入座。而我都是。幾天前我和朋友說，「如果不是每天能和他晚餐，我一秒鐘都不想待在香港。」朋友笑說，是嗎？我沒再回。但那句話其實是真。

而能夠晚餐又是多麼被祝福的一件事。兩個禮拜，他開了兩頓伙，燒甜醬油雞翼，蘿蔔牛腩，燉白菜，蒸游水鮮魚，爆薑芥藍，煎豬扒，又煲了湯。我坐在那裡等著他滿頭大汗從廚房出來，說，好了，吃飯了。隔天他又要我在皇后大道等他。見了面他說，欸你要吃甚麼呀？我回問他，你要吃甚麼。他便說出不同的菜式。每天我們並不重複他說，他媽的你回去之後我要一個月不出門吃飯。

其實他也是我始終努力的目標。像溺水者前方的浮球。他是我每天想要成為更好的人唯一的理由。

於是我來到香港但整座城市讓我迷惑。當我走出辦公室，想著幾天來，我進出寫字樓前後遇見的那些——不斷敲打著手機螢幕的男人，穿TORY BURCH的女人，拿著鏡頭皇的女孩，拿著同一條抹布不斷擦拭電梯面板的男人。他們是誰而我又是誰，每天早上起床面對港島的空氣已經開始汙濁，我縮了一縮脖子，他們呢，那時他們在哪裡。

我穿過干諾道華懋大樓的電扶梯，穿過天橋。走進香港站。

看著早晨打印出來的登機證。從香港，到台北。但我們從哪裡來，要往哪裡去，這樣的問題，又從來不是一張機票可以解答的。而這也是許久許久以來，第一次，他沒有跟著我走向機場快線的票閘。

前一夜在干諾道街頭道別那時，他忽悠抬起臉來，我飛快往他的雙唇啄了一下，啊這才想起，今天原來已是禮拜五。

我要回家了。

*

機場快線的告示牌打著，下一班開往機場的列車即將開出。

我想像如果他在他會說，要跑嗎？我說，不急吧，還有些時間。他說，即將開出大概都還要幾分鐘。我說，是。拉了拉他的手，空闊穿堂裡甚麼風吹，我想像整座城市向內閉攏都是我的衣袖，充滿他的影子。

霾害的香港，北方的空氣帶來髒污的消息。

啊，我們好端端的。幾年了，他還是那麼像是個奇蹟。

炎熱的仲夏很快就要到了。更多日子還在前頭等著。

未來時間還很長的。

七月一日

時已近了六月之底，凡事皆熱燥不堪。香港這小城並沒有甚麼改變。感覺被改變的人或許是我。

或許不是，那會是誰麼，也或者是他吧。

逼仄的港島高樓刀一般切分天空，劃破光線，街底石磚曬得熱烈時間，說起來一日僅是少許了。卻又是這些窄場天陽，且留給城市餘溫。像他的掌心。

他說，那拜五晚餐，他扒下幾隻蠔說，他媽的最後一次跟你吃晚餐了，來香港又花我很多錢。我說，是呵，下次吃晚餐會在哪裡呢？

他摸摸我手說，你決定，你決定好了。

我說，京都吧，還可以去奈良，大阪我們今年春天各去了一次，省下吧。他說，那讓你吃飯又要花我很多錢。

說完話他摘下眼鏡，揉揉眼睛。

我正好在手機上遇見一則笑話，忍俊不住爆笑出聲，他揉完了眼說怎麼？我把手機傳去而他接過，一看，先把手伸了遠些，還沒看清就先笑，說老花了。看清了螢幕上陳列著如何的文字，看完，又笑。笑的其實不知是話，還是老。

離開的時候正是近夜時分。其實到達的時候，也是。我有的就是那麼多。一張桌子一張床，與他晚餐，生活便是如此了。

他說，以後頭髮都要剃得短些，這白髮已生得不可理喻，得把它們藏深一些。深一些。

我又情不自禁去摸他額上黑髮當中，唯獨的一撮白灰髮絲。他說欸，你幹嘛呢。

我說，看看你的白髮，看看，我以後會不會也生出這樣一紮灰白。讓我有點像你。或許都好吧。

香港二十二天他是我唯一的快樂。每天甫上班便已等著晚餐吃些甚麼。工作無以為繼的那些下午，我躲到辦公室的休憩區，望向十六樓天台以外的天空。隔壁的大樓與大樓，在陽光下以玻璃屏幕折起了寬闊的皺褶。而這港，這港本來是世代居鷹的。那兒便有一隻，拉闊了背脊翅翼，搭著仲夏的上升氣流，厚紙般盤旋而上，再上，再上去的地方會是哪裡呢？牠會飛越過中環中心的最頂點的天線塔嗎？

想來是不會的。

我想起自己在這城裡認識的銀行家、律師，以及我每一個饒富才華的同事。認識他們我愈知道自己的渺小。

愈讀懂歷史，便知道有段時間，港人開放技師執照給高工學校畢業生考取，在那個曾經困窮的時代有人成為驗光師——他曾經在無人配鏡的店裡，自己研磨放大鏡與天文鏡嗎？自製手工的，等待每一個無月之夜走出去便能看見更多星辰，等待一個燠熱之暑，沿著滿街的蟲蟻軍行，提著一桶熱水走到蟻穴口。坐了一會兒，又把那桶水提了回去。水自已冷去，便倒來沖涼。

有人行伍是蜂蟻的規則，有些人乘風如鷹盤旋，高了又高，多麼美好的視野，姿態。

卻終於是出不去的。

二十二天，可以發生太多事情。長洲淺灘烤時鮮，端午大坑祕尋粽，其實都是小事。返工放工的時間差讓人感到遙遠，感到哀傷，人們彼此招呼時常探問，但淺淺的六月過完，中間發生一場政改鬧劇明明就是二十八票反對、八票贊成的懸殊比數，以民主制度否決了壓根不民主的香港假普選政改，梁振英真的傻了。其實香港議員有七十席，票數怎麼會如此少呢？其實許多建制派議員，在投票前夕早就「用腳投票」離開議場。

他說，唉呀這一切讓我好吃驚。以為要再多選一天的，沒想到中午吃飯同事來說，已經選完。有人說香港會大幅改變。其實改變甚麼呢？沒有假普選，也沒有真普選，這就是示範給所有人看起來，甚麼是「維持現狀」囉。還花那麼多錢買下報紙所有頭版，告訴大家自己輸了，維持現狀！日子不會變。只是李嘉誠說他的股票不會有影響。

等待香港。其實也是等待果陀，等待第三新東京市。這些等待讓我明白，自己不再是十四歲的少年，使徒襲來的日子很快會過完，並很快重複。若我不記認我就不會存在嗎？我們何曾相互擁抱相互戳刺，如地心擁抱熔岩，湖泊承受甘泉，只是愛啊，愛著了，雖是迫近眉睫方知火燒，其實那火便停在那兒了。不燒著你。像跟火戀愛了笑與喜悅有甚麼相關，他說，你要吃甚麼？他總是這麼問。唉呀你吃好少，身體不舒服嗎？真是的你今天酒喝好多，這酒很貴呢你看你花了我好多錢。講完便笑。

其實兩個人飛來飛去，共處三週的時間還是頭一次。只是下次又不知道是何時。不知又如何。或者不再見。不再又如何。其實沒有人知。所以不要後悔，看著他的老花眼，而我自己開始生出了少許白髮，讓我感覺自己與他，

漢中街
Han Zhong St.
20

其實近。並不遠。拍照便有了紀錄，有所記認，在每一條迷宮道路裡呼喚彼此的名字。從詞彙的汪洋當中找出供彼此指認的證明。七一、六四、一些價值。曾有人問我為甚麼愛他。

我實在答不出來的。

隔日是七月一日。他說明天又要去抗議了。他媽的去年從灣仔走到銅鑼灣走了四小時，仆街的警察還政府怎樣不讓人民走。偏走。走完全程呢，立刻回家喝啤酒。我說，你別脫水。他說，我很好。但也只是覺得，七一來了十八年了，當年的小孩都已中學畢業，今年政改沒過，看是不是主題上暫停一年。其實你們台灣的遊行都是。他說，算了，最好還是去走完全程。我每一年都走完全程。握緊了拳頭，鬆開，再拿下眼鏡，揉揉他雙眼。

他真是顯了老態了。但真好。真是好看。

當他做一頓飯我吻他。他牽著我的手度過驟雨，我吻他。他總是讓我走在前面，讓他看著我的後腦要我當黑暗中的領路人。黑夜航行，只要兩個人，足矣。無無明，亦無無明盡；無老死，亦無老死盡。讓一個人，比另一個活得長，活得好。並不需要是我，也不必要是他。

七月一日，這年近半已逝。很好。明天他又要踩著鞋上街了。

曬過一天太陽的他看起來會再瘦小一些，精黑一些，而我在海這邊等著時間對我作用。

七月一日，真正的夏天要開始了。能與所愛一齊變老，是多麼永恆的事。

九月廿九中環

一夜難眠。早晨上班途中，我搓著手心傳了訊息問他，一切好嗎，他說，還可以。我問，看來你今天得從家裡坐計程車到港鐵香港站呢。他說，也不是，地鐵還是照樣開，未曾被封鎖，催淚瓦斯都沒有進到地鐵站裡。沒事，他說。他在那港，日常的日常。非常的非常，股市一樣開市。

香港發生了大事，馬照跑，舞照跳。只是，馬已非九七的馬，舞也不再是九七的舞。

九月廿九日我鎮夜盯著臉書。牆面上不斷更新的訊息，如呼嘯的鑽子般把我們穿透。所有的發言都帶著既視感之侵襲。四處的消息，記憶彷彿拉回到一四年三月底台北那個夜晚。網路上的耳語消息傳言海嘯般吞沒我們，在場與不在場的，確定的，與更多不確定的，重疊著台北我城的場景，以及港島新填了海生成的政府大樓，遮打道，金鐘大會堂，海富中心，遠東金融中心那些那我所熟悉的港島樓廈，我想像，驚惶的人影在輾轉反側的心跳裡襲擊而來。蹦跳的數字。以及，催淚瓦斯。

以及港人對著警察噴射而來的胡椒彈雨撐起了的傘啊，傘啊。能撐得過催淚瓦斯的暴風圈嗎。

那麼熟悉，又那麼陌生。是香港，或者不？

我記得有一回，我們站在中環的土地上，他說，兩十年前，這裡仍是海。而今滄海桑田，海已填平，生成土地。中國的暗影如台北今日不散的霧霾。他說，封鎖的區域是官署啦。他們不可能封鎖整個城市。他們就算封鎖了城市也封鎖不了我們。

而蘋果日報網站上貼出了照片，旺角街市路口幾台卡車自發性地斷電了。停了。占領了。教師聯盟發表聲明，全港罷教罷課，是不得不。亦有廣告公司總監傳訊予員工，稱員工可以自決是否繼續上班，強調若員工認為有事情比工作更重要，公司不會因此責備或作出懲罰。他說，幾處街口的交通管制不是封鎖。就算封鎖，也封鎖不了我們全部。

他們就算封鎖城市，也封鎖不了我們。就算港警在防毒面具底下鐵了心，不流淚，亦不能封鎖我們。

香港人不為繞道的不便抱怨的。他說。

我沒聽到誰會投訴這種事情，眼下是更加更加重要的事情啊。他說。

認識他那年，二〇〇九，我搓著他的鼻頭說，香港都回歸十二年了，你是中國人呢。我是台灣人。你這護照上印的是P、R、C，你知道我的意思嗎？我說。他哼了一下，說香港人是這樣，我們啊，要的東西好簡單，就是民主。我們一直都想要民主。那是香港特別行政區基本法第二十五至二十六條：香港居民在法律面前一律平等。香港特別行政區永久性居民依法享有選舉權和被選舉權。第二十八條：香港居民的人身自由不受侵犯。第二十七至三十八條：香港居民享有言論、新聞、出版的自由，結社、集會、遊行、示威、通訊、遷徙、信仰、宗教和婚姻自由，以及組織和參加工會、罷工的權利和自由。

自由，民主。他說。

香港人要的其實好簡單，他說。香港回歸將近兩十年，甚麼也都變了。也不需要王家衛的《2046》。

白天上班途中，窗外的台北有些晦暗。不知是何處惹來煙塵，霾害遮蔽了整座台北城裡城外的視線。他說，催淚瓦斯讓香港人都吃驚了，但那不能阻止我們。也沒有大不了，我們今天會返工，也有些人會罷工，罷課，有些街道讓他們封鎖，這都是戰略的一部分。不會有人抱怨罷工。更不會有人抱怨罷課。只要是一般的，正常的，一個香港人，都會知道，並且理解——這一切都是為了最重要的那件事情。他說。

民主。真正的民主。

我想念他的鬍子。想念他在鍵入這些話語時所可能有的唇形。他說，人們並不多談論抗議本身，因為那是為了更遠大的事情，在昨晚發生。在今天發生。以及接下來的十一，「國慶。」讓我們一起想想，哪個國家，能夠慶賀這樣的事情。我願慶賀我愛一個這樣的人。即便我們分屬兩個不同的國家。

記憶裡，三月的台北還有人說，抗議封鎖的路途阻礙了上下班的道路。再稍早些，臥軌的老工人承受了「開車，全都壓死」的責難。我想，再也沒有一座島比台灣更荒謬的了，而香港要的很簡單，台灣或許也是，但台灣，我們，真的想清楚自己要的是甚麼，並準備好承受那可能的代價了嗎？曾經一場長達二十四天的嘉年華，彷彿喚醒了甚麼，但會否只是一場自我感覺良好的幻夢。曾經五十萬人準時解散的集會，完全合法，乾淨，簡潔，沒有垃圾，卻沒有改變任何事情。我們——可曾準備好了，要透過一場絕對非法的集會，不再「維持現狀」？

他說，今天又是新的一天。中環的街道或許還有些催淚瓦斯的餘味。但世界一樣運轉。但希望世界會有一點改變。

有張照片，一個香港青年掛著牌子：「台灣人，請踩著我們的屍體前進。」

從來就只有一國，沒有甚麼兩制。只要我們想清楚了，就沒有人可以封鎖我們。而有的機會，可能這一輩子就只有一次，過了，就沒有了。

香港其實好簡單。台灣也是。可能台灣和香港從來未曾如此接近過。

而我始終很想念他。

路都你選的人都只是跟著

我們甚少合照。

過去，我通常喜歡那些比我高的男人，是為了要他們走在前面，讓我跟著，走在後頭不必看路也能安心。只是那年，當我在一則許願池裡頭說，希望自己未來的男人方面大耳，劍眉星目。要比我高些。他讀了我的部落格，傳了訊息給我說，我是不高，還不方有點圓，應該都可跟著你吧。似笑非笑的語氣，我在台北這頭，讀了訊息，也笑，回他說，你這傻瓜。

後來的幾年，我們一起去過些地方。他老是讓我走在前面，要我領路。在東京。京都，大阪。新加坡，紐約。在台北在香港，在澎湖，花蓮，台南，高雄。他說他還沒去過墾丁。我說我都已很多年沒去。他的聲音，總是從後面來。他說，路都你選的，我也只能跟著。

他總問，欸我們去哪兒呀？

我說，都好。反問他，你說呢。他說，你說啦。

當他打從背後發出ㄘㄘ的嘖氣聲，我便知道他要我停步，要我回頭，讓我等候。

若我們彼此迷失在人群裡，他會抬高了右手，指尖旋轉之處，我就能分辨他矮的身形在哪裡等我。好比在機場快線的月台上，我會看他不高的身形，站在那裡等列車駛出月台。也看著他的方向。直到列車加速，直到再也看不見他。好比，在那些一齊旅行的分開的機場，發現兩個人的登機門在不同的裙樓，他說，你先入關吧。我說，不急，我飛機晚些呢，先陪你走過去。他瞪我，說你先進去。

然後他伸出手，讓我在人潮雜沓之處輕拍他手背，再偷偷握了下他掌心，說好啦，聖誕節見呢。他努努嘴說好，走啦，你。

他一直看著我等我走進安全的地方。

可是，親愛的，我們所在之處是否真的安全了呢。開票那晚，兩個人窩在床上，直盯著手機螢幕上即時開票的進度。他說「柯P」的時候，說的是「喔P」。我說你國語講得愈來愈爛，他鼻孔出氣哼說，你聽得懂就好，我國語講得比好多香港人都好。臭美。我說。柯P領先三萬票了，我說。他說，那林佳龍呢，胡志強真的已經當得太久，十三年！我契子都才這個歲數。

柯P領先十五萬票我們便起身著衣，出門。吃飯。非常的夜晚有他便像是每一個日常的夜晚。

他說你不要一直玩手機。我說陳菊和賴清德得票是對手兩倍。他說，哼你好意外嗎，你台灣人耶。我又同他說，林佳龍領先了。應該會贏。想不到鄭文燦都是領先。他說耶。他說，吳志揚他們家是不是都始終在炒地皮？我說是。像他一直在海的那邊看著台灣。像我，一直在海這邊，看著香港。

於是台灣的選舉結束了。海的那邊，香港的深夜。北京和特首梁振英以強權及暴力回應市民爭取真普選，學聯及學民思潮宣布升級抗爭行動，晚間九時許宣布將包圍政府總部，我看著海峽那頭的新聞，不斷更新，想起九月廿九那晚，而這是十二月的第一天。他說，一年又要結束，其實已經沒有甚麼工作要完成，就算是香港人，也已經不能夠確知抗議行動可以獲致甚麼結果。

但香港人已經做得很好。就在金鐘的占領區，示威者經添馬公園進占龍和道行人路，占領兩條行車線，架起鐵馬。他說，這波抗爭走進了撞牆期。但沒有台灣選民用選票給中國、給香港示範了甚麼是民意，可能包圍政總都不會有「民意基礎」。

他說，抗爭核心必須重新審視談判究竟要達成甚麼。

但我還是想要民主。我們還是想要。他說，港人，中國人，都被台灣選舉的結果深深震撼。

他說民主是這樣一回事。

手機上持續傳來龍和道警方清場的消息，災難片般躺著過百名傷者。及至上班時間前夕，香港警方於清晨再次清場，見到逃跑的抗議者，仍不停用警棍毆打占領者。我想起三月台灣，那清冷的夜晚。想起我年輕的朋友們的臉。是台灣領著香港，啟示了人民走上抗爭的序曲，還是香港用自己的歷史，告訴台灣，有一個選擇你們可以不必去走。我不知道。

路都你選的，人都只是跟著。他說。

我笑。只是有時想起香港想起台北我笑起來想哭。他說，我們在討論革命，你不要老是講那些小情小愛的事情。

十月初的占中現場，他打了電話來說我在這。我說，你要小心呵。他說我是大人呢。我要他給我拍幾張那裡的照片讓我知道現時的香港正在騰湧，鼓動，迎接一個改變，或者不被改變。然後那天他說我愛你。他很少這麼說。也或許他並不記得。

幾年多了，我們還是甚少合照。

直到很久，很久以後，或許兩十年後吧，會讓我一直記得。他那天說的短短三個字，在風起雲湧的時代。

一座城市的傾落可能都是為了成就一場愛情。

在歷史裡邊，確知自己不會後悔。

花神與你我之時間

這一切都是時間。

時間令我們陷落，要我在它其中觀見生死榮枯四季遞嬗。觀見我對自身之齟齬，無能為力，以及偶一閃現的雲頂之光。難道不是這樣嗎？

第二次看無垢的《花神祭》，十五年了，時間能夠改變甚麼？我試圖在舞者塗妝的臉龐上指認每一個我所認識的她與他，每一個舞者，卻發現其實並無必要。○九年與無垢一齊排練《觀》的那段日子，我已能夠分辨他們每一個人，即使時間令他們的身體更加洗練，卻總還是有些慣習留了下來，那指尖，那脊椎，那深深蹲入地底的種子與春芽，合則而分，糾纏的慾望是我們在人世的一切輪迴，春芽，夏影，秋折，冬枯。

近日我總是折服於自己的生活，被莽亂如仲夏蟲虺侵擾的心緒吞噬。

如野火燒遍全身我不再完整。

這一切都是時間的隱喻嗎？關於成長，成長為一個自己並不欲求的大人的模樣。我每一天往返於自我和世界的邊緣，盡力維繫而不被這一切所溶解。我已經沒有自己了，卻還是想。想起，我們上一次臉貼著臉是甚麼時候，如男女春神走近彼此，沾染彼此以臉上的油彩你中有我，我中有你，我以為時間，以為時間是這樣。

我們也沒有其他的共有了——如果我緩步行於海洋之上，能抵達闊海的彼方，抵達有你的那座海港嗎？親愛的，如果我們有春夏秋冬，能否告訴我，你我的枯榮已經走到哪一個季節。

我們一年又一年往返於海洋兩岸，我卻是如今才知道，情人的每一個季節都

包含了所有死生契闊的關聯。相守相約，已經註定了我會聽聞海那端傳來離別的消息，你說，「他們如今又在同一個地方相聚了。」我在台北這兒，還是只能搓著我向來多汗的掌心，同你說著些不知是否切題的安慰的話語。親愛的，我終究是無能表達那最深刻的愛啊，卻仍想要給你我的時間以更多時間，像你總在喝醉酒的時候撥電話給我。彷彿我在那裡。彷彿，我又不在那裡。

而甚麼時候會是中秋呢？

你說，那天她這麼問。可那終究都是你我必須面對的循環。像春芽，夏影，如秋折，繼而冬枯。

親愛的。我想你了。世界繼續運轉而這一切都是時間。

時間令我陷落，你也是。我能陪你走到哪裡？我寧願是你的四季。

不斷走近你，近至極處，而終能成就你生命的一部分，根與葉，花與果，即便時間改變了我們，也一定會有些東西真正留存下來的。

半隻炸子雞

我們點的菜色很快呈了上來。有半隻炸子雞，脆油黃亮。

甫在唐人街的餐館坐定，樓面上，個頭高高那跑堂女人笑著迎來，用不太標準的粵語說，飲茶？

他說普洱。

倫敦初冬其實不算特別冷。幾天前聽說溫度突然降到零下兩度，幾年來最冷十一月，可不知怎麼，入到十二月初氣候突又回升，十三四度的空氣裡喝喝熱茶溫溫手，還是挺好。跑堂的女人頓了一下說，喝甚麼茶呀？

他重複，他加重了音的粵語他重複。普，洱。聽起來像溥，儀。

我說，普洱茶囉。

再問了，你們有甚麼啤酒啊？跑堂的女人說，老虎啤酒，青島啤酒，百威，還有健力士呢。我說給我青島吧，問他，你喝甚麼？他瞪了我一眼說，怎麼又喝呢。然後轉頭說TIGER Please。

那女的突然鬆了口氣地說，好的，一瓶青島，一瓶TIGER。又朝我說，青島，支持國貨呢。

我朝她笑了笑，說唔該，沒再多答腔。

倒是他也換了副廣東國語，撇撇嘴，大聲說人家沒聽出來你從台灣來的啦。又說，點甚麼菜啊？吃點心，還是炒菜。我操著粵語說，點心好了，試試蝦餃，腸粉，鳳爪？都唔知他們家點心做得好唔好。他想了想，說幾項點心吃一吃，還是要差不多四十鎊，乾脆吃炒菜好啦。其實幾天前我們已在同一間餐館試過了炒菜，倫敦幾日下來，跟他肩並肩走路，卻不知怎麼的想念起香港。

我說，好啦，點幾項菜吧。

餐牌翻來覆去，拿不定主意，卻其實哪兒的粵菜館都是供應著類似菜色，有他，有啤酒，有時普洱，有時水仙。就很好。啤酒泡沫起了，旋即又滅。他闔起餐牌說，你吃甚麼啊？隨便點好了。我便喚來那跑堂的女人，指著餐牌這裡，那裡，說炸子雞，半隻，蔥薑芥藍，揚州炒飯，金銀蛋豆苗。

菜很快上來，炸子雞要做得好不容易。尤其在倫敦市中心的唐人街，講究客流速度，炸子雞可能都是預先炸到八分熟，逢客人點了上桌前才澆油炸到雞皮酥脆，加兩分熟脆。卻跟傳統一路用熱油澆炸，直至雞肉透底熟嫩，雞皮香脆金黃的作法相比，風味，功夫都差了那麼一些。

他把炸得不夠脆酥的炸子雞皮一塊塊剝下了，再指著盤子心裡的雞肉說，欸你說吃多點。

吃多點啦，你。

我還想搭著說點話，比如，早知就去唐人街另頭的金龍吃，他們的炸子雞吃起來地道些。

可只是想著，念頭起了，便想起香港那幾間粵菜館的炸子雞比倫敦金龍的自是更好，那炸子雞多麼費工啊，供應著的餐廳，時間過去了也是愈來愈少；要不，想吃霸王大肥雞呢，香港的選擇更是多了，好壞高低，卻不再論。既然在倫敦，點了便吃吧，想到這裡，話還沒起頭，又好像沒必要了。

吃飯的兩個人省著話，倒是那跑堂的女人，又招呼了幾桌廣東客、英國客坐定後，便束手站在走道旁邊，和另一個顯是新來到這餐館打工營生的樓面女人聊了起來。一個高，一個矮，高的那個看起來像是中國北方的面孔，矮的呢，說起國語來則不是北京腔調，也聽不出是哪邊人，卻是都穿了不合身的白色襯衫，想來是餐館的制服吧。

高的那個說，怎麼，這幾天在咱們這兒還好吧？

矮的說，還行呢，這裡營業到十一點嘛，樓面十二點不到，可以放工了。之前在金唐，別家中菜館開到十一點，它便開到十一點半，客人看完劇，十一點進來，問收不收啊，老闆說，收！收收收，當然收，可人一進來，吃下去不可能半小時嘛，樓面收完，等結帳，打烊都要十二點。放工已經是快要一點。

高的說，聽說了，金唐營業時間是要比誰都晚的。

矮的說就是。有的店，週末開到十二點、清晨一點，金唐那裡就得兩點關。嘩，表定的打工放工時間都參考用，客人站到店門口，人都沒問，就要我們出去說，還沒打烊，坐到幾點都行！做多點生意自然老闆是開心的，但樓面怎麼受得了？冬季放工了清晨兩點半，都不知怎麼回家。

這家餐館在唐人街據說開了四家系列餐廳，幾十年來，其中三間已頂讓他人，還有間是專做外賣小菜生意，不變的是僅留招牌店名。可揚州炒飯也只是做得不過不失，早知該點更重味的鹹魚雞粒炒飯，反而不該下味過重的金銀蛋豆苗，是決計太鹹了。我抬起臉，看他那愛吃芥藍的人，正想這盤芥藍梗比葉多，他要不歡喜的。

自然，在倫敦的餐館也不能要求最好的郊外油菜，但他反正吃著，吃著，不

說話了。就喝酒。扒飯。

高的那個樓面女人說，唉唷，還真是受不了。幸好你來了。剛來那桌操廣東話的要點菜了，高的揮揮手走過去了，矮的就跟著說，只要準點下班就好，其他事情我都還能承受的。

我邊聽著，吃著，盤子裡頭炸子雞風捲殘雲掃光了，剩下一塊雞屁股。我是不吃的。他伸出筷子，我說你幹嘛？七里香咧。他說怎麼？不能吃嗎？

我說吃，可以吃。你吃。

一頓晚餐即將完畢的時候，我問了洗手間方向，說是在二樓。

踅了上去，發現冰著啤酒的雪櫃上張著這麼條標貼，「各位工友請注意，這裡所有區域都是有CCTV攝錄的。請注意。」那雪櫃高高放在二樓，樓面上隨意幾張桌子套椅看起來不做平日生意，肯定只是客忙時才開放了的，自然那標貼呢，寫的不是給藍眼白皮膚的客人看的。

我用過洗手間，抹完臉，回到那唐人街中菜館的一樓，他正仰頭飲光杯底最後一滴啤酒，說好了，走吧。我說，怎麼，埋單啦？

他又瞪我，說你覺得咧？

我笑。說以為這頓便宜的應該讓我來。

他說，好了，以後貴的便宜的都讓你來好了，你要養我呢。

那高的女侍應突然轉過來，眼神裡頭怪奇怪奇地透出一絲不理解的味道。這時，店後頭傳出一陣熱熱烈烈粵語罵聲。罵得甚麼是聽不明白的。那高的，矮的，還有不知突然從哪裡冒出來的，另一個襯衫穿得太寬合不攏腰的男侍應，三個人低著臉走進後堂去了。

我們兩個人吃完半隻炸子雞，推開門，走進倫敦算不上冷的初冬。

城市方才正下起雨來，也不知下的是不是一陣飯飽酒氣，啊當真想起自己不在香港，不在台北，這霧雨之城，唉我們又忘了帶傘。

沒有甚麼奇觀

愈是旅行，愈是知道，這世界上早已沒有甚麼奇觀。

不知道甚麼時候開始我已不與城市著名的地景合照了。我需要親臨它們，且可以攝下它們，但並不需要用我自己的臉在它們之上摻入新的雜質。我和他走著，且走著，愈是走，愈是覺得他其實才是我的奇觀——我無法遏制自己放慢腳步讓他走到我前面，然後拿出手機，偷偷拍下他的後腦袋，在塞納河畔，在倫敦眼下，在大笨鐘前在泰晤士河堤邊的酒吧。在我們走過的每一條路，然後他會回過頭來說，他媽的你不要每次出門旅行就一直玩手機。

我說，哪有。他說，哼啊你就是，一直玩手機你不要出門旅行好啦。

艾菲爾鐵塔，倫敦塔橋，大皇宮，小皇宮，聖母院和聖心堂。每一天我和他隨意決定了行程，隨意地觀覽大英博物館那所有考古學的贓物，國家畫廊與奧塞美術館的每一幀印象派巨作。我貼近了看，並且沉默，感覺時間在每一件建築它們身上留下的痕跡，感覺時間在我們踱步經過的石磚上，構成細微的磨損。

這是一個沒有奇觀的時代。網路幾個鍵就讓我們的眼睛飛到世界另一端。人生一定要去的十大景點。一輩子一定要造訪的絕美海灘。這些那些。已經太過習慣了從每一本畫冊，友人的臉書，維基百科習得關於「奇觀」的普同知識。城市本身依然讓人震撼。奇觀本身，也是。但它們卻不是旅行的最終理由。

他在城市裡是不辨方向的，愛德華王子劇院在路的西南側，他轉出餐廳卻往東南側走，我說，欸你去哪啦？他說，不是這裡嗎？我說你見鬼。是這方向啦。

他便往我的方向轉過來。說，好啦，走了。

再加上一句，以前都是需要旅遊書現在則是只要有Google Map就好。我回他，你都是不先研讀地圖的。

他說，哪有需要？然後問我，欸那我們現在往哪走？

登上鐵塔那天風大，在塔底他問我，從哪個柱腳上去啊。我說，應該是那裡吧。上到塔頂他說他媽的這裡可能只有零度。我說你冷嗎。他說不會。哆嗦著我說你真的不會冷嗎，要不要給你圍巾。他說，他媽的你不要每次都問一些無聊的問題——想來沒說出來的是，給了我圍巾你不會冷嗎，他媽的。

倫敦跟巴黎市中心其實說小不小，但也不太大。他說，走去哪裡都是三十分鐘。可幾個三十分鐘接連下來，我走到腿斷，走到低血糖，路過花神咖啡館雙叟咖啡館我說欸這地方是文人聚集的地方，要不要坐一下呀？他哼一下說，你臭美。他又是不准許我胡亂購物的他說你看那個東西幹嘛，醜得要死欸。我擺臭臉，他就說，要吃甚麼。午餐我喝Picon Bier，他喝Chardonnay，邊哼出聲音罵，你來巴黎吃總匯三明治跟凱薩沙拉，就是在浪費時間。

當我們從那些世界名畫前頭過去，從英國皇室珠寶陳列前頭過去，庫利南一號鑽石在兩人眼底映射出輝煌的火光。但我們已經不需要甚麼奇觀了。生活本身沒有不滅的燈火，兩個人罵罵咧咧走過巴黎的一二三區，四區，六區，八區十區，他說你走的路跟Google Map規劃的不一樣呢，我說，他媽的我是帶你走最近的一條路。

親愛的，只是生活有最近的一條路嗎？或許沒有。都是時間過去。同等長度。

旅行是這樣。不旅行分隔在兩座島的時候，也是這樣。

沒有捷徑沒有奇蹟沒有甚麼讓我們「哇」地出聲，只是日子過了一天又一天，看音樂劇的時候手臂挨著手臂，走岔了路便伸出手去拉住他，說「喂」。假期很短，生活很長，日子不長不短，讓我書寫讓我寫下我有他的生活，只是不知道他能否寫下也有我的。

不知道甚麼時候開始我已不相信世界奇觀了。卻或許奇蹟總是會發生它總是就發生在身邊。

在奧塞美術館午餐那日，右手邊桌面來了一對法國中老男子，年輕的大概五十五，年長的看起來則約莫六十五吧。侍者同他們問了餐點，問他們要不要氣泡水，年輕那個扶了下自己的紅色粗框眼鏡，說給我們水喉水吧。說完便拿起手機，對正了年長那個說「Cheese」，拍完了，非常滿意地笑一笑，又將手機傳到桌子對面給那年長的看了，兩個人說著甚麼我聽不明白，但那和煦的笑容笑開來也把美術館裡恆溫恆濕惱人的空氣都給化開。

我跟他說，他們戴同一只戒指。他說，欸你專心吃飯不要對人家指指點點好了。

我說，他們另外一隻手腕上戴的也是同樣款式的白金手鍊。

他哼了下說，我們也有同款式的手環。

我說，是我買給你的，他說，是你自己想要Ferragamo。我說好啦，是啊。那對男子的戒冠是組非常平凡的「=」符號。平等。兩桌男同志各自吃飯，飲不同產區的白酒，午餐時間很快過了，幾年時間很快過了，突然明白原來世界奇觀之所以令人嚮往令人仰望不過是因為歲月淘洗依舊存在著。

而愛也是。當我們還不知道永恆的時候我們說著永恆，直到最後，或許也不需要永恆，只是日子過著過了，十二月近半，兩個人從香港機場的閘口並肩走下來，到達轉機閘口，他說，好了，我就在趕著入境的人潮裡頭飛快給他一吻，下次見面就是新的一年了。

我們確實不再需要甚麼奇觀。

四季遞嬗，憂樂與哀喜，那就是彼此的全部了。

他們掌心對著掌心

公車對面座位戴帽子穿牛仔外套的少年，他另隻手牽著鄰座白襯衫少年的手。

窗外落著十一月季風的雨，我坐定了位置便將雨傘靠在胯間，玩起我的手機。敦化幹線走走停停，煞車間那傘突往對面座位那對少年傾過去，他伸出手來抓住我的傘，我抬起頭來說，謝謝。他說，不會。這才看見他們掌心對著掌心，暖暖熱熱，城市突來的東北季風也終止了。

戴帽子穿牛仔外套的，不知甚麼時候開始跟電話彼端的姊妹淘視訊起來，光用一隻手抓著電話嚷，我跟北鼻要去東區吃飯了，好餓喔。

白襯衫轉過頭，說是小巨蛋啦，小巨蛋不是東區。

戴帽子的說，你管我，那裡也是東區。

那戴帽子的講起話來旁若無人說，好想喝酒喔。歡快的音量帶著一點明亮的酒意，電話那頭，女孩子想必是問了說，去哪喝，喝什麼。戴帽子的說我甚麼都喝啊，但威士忌妳不可能喝很多耶，那個太嗆了。上次我在錢櫃才喝了這樣就大睡，甚麼歌都沒唱到。戴帽子那個邊講還邊用拇指跟食指比出短短淺淺的深度。

話題一轉，戴帽子那個問電話對面的那女的，說是妳現在跟亮亮怎麼樣了，還是在搞曖昧嗎？女的想來是不置可否，戴帽子那個便再嚷了起來說，妳不要每次都找這種賤男人，賤，男，人，妳知道嗎？跟我們學一下啦。話講完把電話鏡頭轉向那個白襯衫，說，來北鼻跟她打個招呼，三個人對著一支電話，發出銀鈴般的笑聲。

想來他們是從中和一頭上車的，或許這雙手始終都是牽著。

戴帽子那個講完了電話，眼看白襯衫那個不斷玩著手機遊戲，便把手臂挽了過去，指著螢幕說你快把這金色道具打下來。又嗔，到哪裡了啊，好久了喔，看了窗外又看了白襯衫的手機屏幕說，講這麼多次你還是不會玩，笨耶。你才笨。最近天氣變很涼，你又不穿外套出門，那白襯衫伸手往戴帽子的大腿一抓，說你會借我穿外套呀。

才，不，會。戴帽子那個扯了扯自己牛仔外套衣角，說才不會。話聲還沒落，先把臉挨了過去。

敦化幹線晃晃悠悠，行經國北教大，白襯衫那個突然說欸你學校到了啦還不快下車去上課。牛仔外套回嘴說，你白癡喔，週末上什麼課啦。不用上課是我要陪你啊。

我要陪你呀。

大概是說到陪伴這對少年同志便說欸我們來自拍一下，兩個人擠起臉做出惡作劇的表情，眉不是眉眼不是眼，嘴也不是嘴的，我背後座位那對男女忍俊不住，噗哧笑了。戴帽子那個就說，好了好了人家在笑了，讓我看看照片。想是連拍了幾張，戴帽子的說唉唷這兩張好醜刪掉啦，白襯衫就說，不會呀你怎麼拍都好看。你少在那邊。

我在那邊你在這邊。哼。少年們小狗般話語對峙，偏生是甜往心裡去的。白襯衫說，好啦刪掉刪掉，不過呢——那我趕快把照片傳出去LINE叫他們備份。你很賤耶。戴帽子邊罵邊捏緊白襯衫掌心，話題又回過頭來說小巨蛋怎麼這麼遠啦，我好餓，等一下要吃什麼。

白襯衫伸出手來輕拍著戴帽子的下巴說，你可以在吃到飽點滷肉飯啊，他們的滷肉飯超好吃的。

靠，昨天才吃滷肉飯你很讓人傻眼耶。戴帽子的說。白襯衫說，逗你的啦。

這時車過敦化南路，對面驥園川菜的紅招牌映入眼簾，戴帽子的說，嘩那是甚麼餐廳感覺很厲害，那字是念「季」嗎？白襯衫說，你有事嗎，那就是「紀、元」啊，又拿起手機立馬上了網路查了，說哇靠價格好像也很厲害。只好以後賺錢了再跟你去吃，戴帽子的說，唷，以後賺錢，唉啊我好命苦啊，還要等你以後賺錢不知道要等到民國幾年我都要老死了——軟綿綿的語氣，聽得人酥，聽得人暖，還有人活該在他們對面坐個公車都要被閃。

這敦化幹線的司機我是熟悉的，上班時間下班時間，我也是這樣一路往敦化北路去。司機每次踩下油門啟動車輛都說，扶好。

車窗外十一月的冷雨森森地下著，我彷彿看見了甚麼光光熱熱的，從夜暗的台北街頭亮起。卻也沒有別的，不過是一座太平盛世的城市裡一對少年戀愛了。戴帽子穿牛仔外套的，和白襯衫少年他們當真當真是相互扶持著，直到車過敦南誠品，我在市民大道口下了車，戴帽子穿牛仔外套的少年，他另隻手牽著鄰座白襯衫少年的掌心手臂，無一刻放開他們的手。

日子是不存在的盜賊

酷暑正要開始。下班時間，捷運人潮鬱鬱攘攘，積了層灰，空氣中滿溢著疲勞的，灰階的氣味。門開，門闔，把人吐出再把人吞噬。人都低首垂眉，只是那男孩走進捷運車廂，或許正因他低頭把玩手機，令得他那外翻的衣領顯得格外明顯。

他穿一襲我也曾穿過的卡其色制服。

不知道度過怎樣的一天，這不正值暑假期間，男孩為何披了制服上街。

他的衣領翻開了，翻開了像我日日重複的日常，他挨著身邊的捷運門，非常專注地移動著螢幕上的糖果。一百多關了吧？那專注幾乎令我嫉妒，彷若有光，令我意圖碰觸。可以碰觸他的衣領嗎，幫他理整秩序，經過了一天皺亂的襯衫，像極了另一個站在門邊的白領女性，像極了我。

男孩並未發現我看著他的領子。

他不會知道我想起另一個男人的領子。

那年那時，男人出門前，聲音宏亮地同我說，我出門了。而我聽見他呼喚我從房間踅出來，同他隨意地說些什麼，比如說那貓又撿了隻死麻雀放在你床邊了你都沒發覺嗎，而他笑說，那傢伙就愛獻寶。其實他真的沒有察覺。比如說我會伸出手去理整他的領子，把他的領帶好好地收進衣領底下去，邊說，你怎麼每次領帶都露這樣一段出來，他會說，噯，背後我看不到哪。謝謝你。

當他說謝謝我感覺我們相愛像是兩個陌生人。

有時男人出差。

而當我嗅到生活改變的氣味我感覺他出差與出差之間的日子令我愈來愈糟。我假意傳了簡訊給他，說你在外地記得早上出門前要檢查衣領。那兒的人都很謹慎，小心，甚至帶點緊張，開會前記得檢查衣領是否翻開了，我想好了那些話滔滔不絕在手機上鍵入，彷彿他就在我面前一樣我愈說愈快，愈說愈大聲，幾乎迫不及待要問他，我們是否還是相愛的那兩個人。他回給我，知道了。

我說，你不知道。

捷運行在黑暗的地底我想夕陽正在南京西路之底透出血紅的顏色。

那年那時，男人喝許多酒。且愈喝愈多。他喝多了便對我哭。我說，你別這樣。他開始摔打屋裡的東西，說我們究竟怎麼了。我說，我不知道。隔天早上當我再次幫他理整了領子他俯身突然企圖吻我。我被嚇了一跳趕緊閃開。他眼神中露出一絲受傷的顏色。我說，你要上班了聞起來卻像一桶過夜的紅酒。他的嘴唇並未碰到我的但我仍聞到了他嘴裡的氣息。一種緩慢的腐敗的味道。那就是我們愛情的隱喻了。於是我知道這一切已經結束。

當他帶著渾身酒氣出門，我躲進洗手間不可遏止地吐了起來。

我只是不再見他。

而所有這些，捷運上的男孩都不會知道的。他還太過年輕，太過專注以致無法覺察身邊的陌生人因為他而被擾動了。

直到男孩下車，我並未告訴他，「你的衣領翻開了。」

如同我匆匆搬離那男人的住處一樣，其實一切變得怎樣都已無所謂。日子不斷往前逃離我們。畢竟夏至已過月餘，而日子是個不存在的盜賊，每天將白晝愈剪愈短。

然後，他們都結婚了

可是我們還沒。

農曆年前夕，農民曆上幾個好日子頭顱排著頭顱，像趕著把整座城市掀起來也似，喜氣洋洋的紅色炸彈滿天飛，每個婚宴廣場接完一攤又是一攤。午市也好，晚市也罷，新人們笑臉盈盈踏下禮車，進場了，換過幾套禮服，送客了——也或許是，或許是死黨三五群的接力，又再踏上另一場私人的筵席，鬧洞房去也。

不想承認的是，或許是年歲到了，身邊朋友們像水餃下鍋那樣接二連三便跳進婚姻。比如說，高中學弟和他相守超過十年的女友結婚了，比如說大學那幾套班對，在臉書上廣發邀請，說是請老同學們一起來見證我們大喜的時刻，兼是當同學會吧。更有的，赴美求學的小學同學，在加州的某高爾夫俱樂部辦了場夢幻派對一般的婚禮，接下來就要回台灣補場喜宴。

時候到了，老朋友們該有的禮數祝福不會少，該在喜宴酒酣耳熱間上台吐槽，講出新郎官過去都是把襪子塞在課桌抽屜裡、甚或新娘某次喝醉大種身邊友人草莓的糗事，肯定也不會缺。

年紀到了，一切顯得如此自然。他們都結婚了。

這樣挺好的。怎樣，都好。

卻還是有些人的婚禮，我們未曾知曉，亦不被通知，彷彿他們並不需要我們的祝福那樣，他們的婚禮靜靜地發生在世界的某處。也或許，必須靠著共同的友朋在下一次婚宴聚首時說溜嘴的消息，我們才知道，啊，那個某某，竟然也結婚了。也想問，為何不告訴我呢為何不容許我們知悉，為何不同意我們的臉書交友邀請你是在閃躲著甚麼逃避著甚麼呢，是因為，是因為從前那個深藏的某某，並不像是會結婚的那種人嗎，是嗎。

當我們談及那個某某。

他們有著不同的每一張臉。或許是彼時班上的少年同志，或許是自己高一時不可遏抑傾心的男孩，或許吻過，也或許不。或許是，甚麼都承諾過了甚麼也做過了，或許是那個每次到他班上，同學們會笑鬧著說，某某可能跟他親密的愛人同志在廁所擁吻吧，的那個人，然後在錯誤的某一天，他會說，我想我並不是，或許滴下眼淚也或許不，的那些人，他們也結婚了。

時間過去讓有些事情顯得如此理所當然。但也有些事情，是時間，讓它當中最為荒謬的甚麼變得更加明顯而突兀。

比如說，總有些人假裝自己不是。

或我慶幸他們可以選擇，選擇走不是的那條路。比如說。

那時我高一，時間的巨流裡瀰漫著錯誤的時光，傾斜的告解。男孩和男孩掛在籃球場邊的四樓欄杆相互傾訴。他說，我想念你。四層樓以下，少年們飛快地運著籃球，旋身投籃，進。進。然後我們同聲滴下眼淚。

那裡有著沉默的猶豫，彷彿他說了甚麼我沒聽明白。我說，甚麼。

他說，可我是長孫，不能跟你交往的。

畢竟那已經很久，很久了。我在國文課本的天地邊上，瘋狂也似地寫下無數個他的名字。不可能是甚麼課文的默寫，蘇東坡，杜甫，李白，陶潛。而是他，是他令我書寫他名字的最後一個字使我著魔。

那時才明白，魔性都是因愛而生。

但也並不一定。畢竟是我傷害了他，當那本寫滿了他姓字的國文課本，在走廊與走廊之間傳遞開來。各種訕笑，耳語，伸出的手指都如蝗災彌天蓋地而來，我以為荒季已到最底、最底了我說，這不是他該承受的。但為此我又買了一本全新的國文課本。再次寫上他的名字。不同的是，我只在家裡書寫，把他留在枕頭底下，想像一個名字擁抱著我如同我接受一個擁抱。

預言總不會有錯我一次又一次重寫著文字紀事，嘗試把四散的文本拼湊起來，於是我看見駭人真相。我不哭不笑無言無語，仰頭飲盡杯中之水，彷彿他在我座位前方不斷滴落的汗水。

愛逾越了夜暗的紅線，我能夠擁抱並接受他的擁抱嗎？

人生是如此地緩慢，記憶即使坍塌，也終會有一些斷垣殘壁賸下吧。

我記得很清楚，某次我陪著他去淡水，而僅有我一人的回程路上，鄰座的孩子驚呼著：「有飛機欸，飛機。」我順勢看了一眼，是飛機暗暗割開了廣闊的天空，流出藍色的血液。在這通往城外與城內的捷運道上，是他看過的第幾架航空器呢。其實並不需要去算了。那不是一架我們所能共乘的班機。那飛行的異度，也就與我無關。

彷彿我們能夠重回童真時代。

但不能夠。昔日的典型皆已毀壞，現在我只知道一件事情：我曾那樣喜愛他，直到他成為一個頂天立地的男人，有了妻小，我看著他在臉書上張貼種種幸福的時刻，都能讓我將向晚修成洪荒。

在那裡，你是魍魎修羅，留我在彼岸來生。

我只不過是還沒能弄清楚，這樣的事情是可以抉擇可以往安全的一端走去的嗎，我所不明白的是，關於愛，是否有一種愛能被世界所捏塑，是否有一條路，已經註定，註定好要安穩的比如說他會在二十八歲那年結婚，二十九歲有他的第一個寶寶。他是長孫，我又何嘗不是，但他選擇的那條路是我所不能走去的，僅因我只願意對自己誠實，那路面的顛簸他不曾走過，是否因為他不夠勇敢。

還沒能想透這些，太過年輕的我們便行遠了。分在不同樓層的不同班級。再是同一間大學，走上不同學院的不同海拔。人之成長，很多事情就不一樣了。我決定不再循著他的編目往下寫。我開始遇見其他的他們。他。他。他。他。我們終於變得對青春的自己陌生。也對他陌生。

在他婚禮之後的很久很久以後，是錯誤的一天我終於有勇氣在他的臉書上按了讚，還不夠，我留言，寶寶和他爸好像。那裡有猶豫的沉默。當音樂結束，我看著他的過去都是那時我們錯身而過的未來，我曾是一個戀愛中的男孩後來當我成為一個戀愛中的男人，我會想起他，那時他所選擇的我的是，與他的不是。

我們並不去探尋他是否愛她，她們。不去問，對她們，對我們，是否公平。

其實也都不中用了。

只是回想起來，是個怎樣的世界，讓彼時的少年同志轉過身去，讓他們感覺，或許步入異性的婚姻會令自己比較安全。又是怎樣一條我們不曾也不能夠選擇的道路，承諾了比較平靜無風的海面，使他們可以勉強自己往那裡走去。像他們當時堅定而隱忍的下唇，說出，「我想我並不是……」而這句話安在今我們地裂天崩的愛戀之後，卻又是如何地諷刺。

而比如說，也有人想結婚卻不被允許的現在，必須要等到甚麼時候，這個世界才能令每一個少年同志，都感覺安全？必須要到甚麼時候，我們的社會才能夠容許每個人以自己的方式得到幸福。比如說，能不能再少一例，一例就好，讓這世界上的每個人都能夠更忠於自己的感情，分開是因為不愛了，而不是因為這條路不被允許。

然後，很久很久的以後，他們都結婚了。可是我們還沒。

又會是甚麼時候輪到我們？

租屋

那天在台中漫步，老城區街頭的磚瓦傾毀，鐵門半開不開都是晨昏的顏色。他說，這城區看起來是已不行了。我說，是。但我又指著遠方七期那一棟棟廣袤大廈，同他說，他們現在會說台中的中心在那兒，文心路上一柱柱捷運的巨梁立在路心，遮掉兩街的眼睛。

他說，台中也要有捷運了啊？只是七期想來都沒甚麼人住。

我說是啊，其實哪裡都有鬼城，想想高鐵開發案的周邊，除了竹北以外，入住率低得嚇人，港台兩地炒地客都是同一個模樣。

他忽轉過頭來，問說，其實台北房價不高吧？我說你說甚麼呢。他急了，說是租屋喇。台北人薪資水平那麼低，租屋價格肯定高不上去，幾萬塊能不能就租到一個單位呢？我說可以吧。兼盤算了，室內三十七坪單位大約可租個三、四萬，二十五坪的就兩萬八吧。如果小一些的單位，十三、五坪的一房一廳單位，兩萬塊之內肯定可以找到不錯的屋子。

聽到這裡，他腳步停了下來，轉來向我。那時草悟道的陽光赫地轉亮了，照進我的眼睛我不確定他要說甚麼。

——我們乾脆在台北租個房子吧？

這樣就不用每次都住旅館。或許要打點下家具，廚房，有時我還可以去燒燒菜，那麼附近就要有市場。你啊，就去找些花草綠葉裝飾陽台，還要兼當打掃女。我嗔了，說，哪可能，當然是去請計時的家務清潔員來幫忙，我要當少奶奶耶。

他說，你哪有可能是少奶奶，別每次跟你爸媽吵架就躲到我房子來就好。我還跟著你爸媽一起罵你。

你去看看吧，只要你決定了，就好。你決定了。

那樣就會有家的感覺了。

分裂

親愛的。你，和我，是何時開始如南北半球星圖般分裂，馳向相異的航道呢？

我都記得的。

可是，當時的你，一定沒有想到我會變成現在這副模樣吧。

而我只是不忍告訴你。我親愛的少年詩人。

*

親愛的。我所記憶的記憶中的那年夏天，你依偎在男人的懷裡，海洋是慾望，窗口是風，你以為他就是你望向世界那對熾熱的雙眼了。你和他在晃亮如燈的公路上疾駛，拉鍊底下是興奮的勃起。你和他看著夕陽成為戀人的語言，在我記得的記憶裡的夏天我知道那裡有一個男孩還不會喝酒，眼神已先為他句話而醺醉。

你那時年方二十，或許更輕些，或許，二十一，二十二。

你曾經以為世界可以改變，以為付出一切的愛戀肯定會得到回報。你慵懶地窩在床上，他的掌心擁抱意指一些非法的眷戀，但你不怕。譬如我所記得的記憶是花刺。是光。是鏡。你以為這就是一切了。

親愛的，我一直都在，在你之後的那些時間，你所記得的記憶也是我的記憶。只是，我所即將遺忘的那年夏天紅燈是等待，咖啡是冷卻而你眉毛上揚望著他的眼睛，我如今已無法止住的你的生命是燃燒。

老是在傍晚亮起的街燈暗巷裡，你與他擁抱。你愛。而他不再愛。

爾後，再也不肯提及的承諾是菸，是冷靜，是淚。記憶中，臉頰是撫摸溫度是流逝，自由是愛，也仍然像光，像海。你的心曾經如此打開。為一個人。

而我多麼希望自己能告訴你，「不要往下跳。」

但我不能。

後來的事情你知道了。我也知道了。

我可以冷冷看著藍寶堅尼上燒起一朵火焰，我無法提醒你，他的掌心攤開，裡頭並不會有你的蓮花。如今的我，回想起那一切的溫度，卻連提起冷冽的冬天也都顯得合宜。

我已經不再為他流淚。

*

親愛的少年詩人，如果世界是沙漏我們是不是沙？

走過一路上的嘈雜，即使遭受世界磨礪，我甚至不確定自己是否身在沙漏之中。

是以我們，我和你，需要旗幟，令我們在人群中能夠辨認出彼此是安靜的。

需要首先承認我有偏見，你也有。但我無法指導你該怎麼做，像你將會自己發現有光的地方也有影子。

你會自己走過那些乾旱，需要無意義的走動，並傾注那些將死的湖泊，令盆地充滿海洋。

令話語校準時間。

時間，那是我們之間唯一的距離。親愛的。

*

有個晚上我同你說話。我想告訴你，你有個快樂的名字但時常是憂鬱的。而你將背負這樣的詛咒，和我星圖般分裂，餵養出自己的哲學，記憶，與沉默。

我也記得，曾有個晚上，他對你說，「我想看你可以成長為怎樣的男人。」

當時你不知道，現在的我過著怎樣的生活。他也不會知道。你不知道我竟然認識了財務報表，研讀中國稅法，企業併購法，證監會的一切規章條例，如此讀遍了一年也就是四個季度，四個季度這樣過完，股東會，年報，公開說明書，承銷商報告。如果我可以，我願意回到那個夜晚，告訴他，這就是我如今的模樣了。

你不知道每天下班之後我都像枯坐在最深的井底，張望彼日的天空它讓我深深陷落。晴熱，光朗，卻又陰濕憂鬱。

我記得你的所有努力。

當時你像個大人那般練習在簽單上疾書你的名字，有時也欣喜於某個瑣碎無關的夢，而今，我只是假笑著撥打一通通電話問著最為內線的內線消息，忘記了你曾經那麼渴望想要當一個詩人，在三十歲的時候出版自己的第三本書，你有一段時間不必靠著酒精也能夠寫下一首又一首的詩，那時的你不會知道，我的書寫只是在重複我自己。

我已經不行了。

我笑著，累了。每一個夜晚我熟練地向侍者比出結帳的手勢，要來簽單，不需要看著筆尖也能夠寫下你我的名字。

曾經你說，每天都想與人群擦撞，搖晃菸盒，想確認裡邊還有最後一支菸，但那只是零與壹之間徒勞的嘗試啊。

那時你不相信，世界是難以改變的。其實我也不相信。

我們，我是說我們，你和我，能否同時是兩個人，又到底是誰在追趕誰的人生？

親愛的。

你不會知道，我多麼想念你。

*

我們仍然在早晨共飲一杯牛奶，同洗一條內褲，分辨汙漬裡相異的路徑。你就是我的部分。親愛的。只是你甚至不會知道，而今我已經不再時時刻刻反省我自己。因此我並不真的願意承認我曾經像你，一個內省的男孩。

我憎恨自己的工作。但我無法離開。

這是你當時所無法想像的吧？一個妥協的，無法下定決心的自己。

我親愛的少年詩人。

*

資本市場使我成為暴君，你不會知道。

我與人們的對談，都是圍繞著投資一檔短線操作股票的年化殖利率，一檔隔日肯定漲停的股票，究竟該等到隔年四月併購案完成才實現獲利，還是預期再隔一天可望繼續漲停的時候就停利賣出所獲得的年化報酬比較高。我告訴他們最理性算計的答案，我與人們談論，併購案的主管機關審查風險，談論中國那個人治的市場無法以常理經營。我被城市，被日常生活維持一份薪水的慾望所踐踏，且終於成為你所不想要成為的——那個每天上班就等下班，每個拜一便等待拜五，每個月初就等月底派糧——那樣的大人了。

親愛的，我記得你那些創作的狂喜。

可是我唯有在工作完成的一瞬間，會感受到電流般的狂喜通過全身，彷彿成就了世間最偉大的一件甚麼。但那狂喜來得迅捷，消逝得也快，圓滿金身般的喜悅很快消退，於是我就又變回了原本的那個小小上班族，不多也不少。

這世界上會有一襲不盈也不缺的月嗎？

但親愛的，請把這些留給我，把最熱烈的愛情與記憶留給你，就好。

當時的你一無所懼，所有週末將自己投入藥物的迷幻，派對與派對與派對，與一段又一段沒有名字，也不需要的名字的戀愛，當時愛得痛並快樂的你，不會知道過了幾年，我會有一個情人，不會知道，過了一段時間，或許幾年，我會有些瞬間想對人說，「他其實是個王八蛋。可是，」然後便繼續下去。

親愛的。我也想與你談論，你也曾吻過但不認得的那每一張臉。

但我真的已經不記得了。

只是親愛的，我想告訴你。現在的你，擁有一個愛情的暴君，我們過得很好。

當時你身上留下的疤痕，都成為我的部分。

*

親愛的少年詩人，我記得你成為了街頭的抗爭者，但我更寧願當我記住街頭的氣候，即使只有片刻——我只是希望在下一次的風雨來臨之前，令一切得到安置。而無關公平，無關你對於理想世界的夢想。無關烏托邦。

烏托邦？是的親愛的你相信，那裡面有些事情是重要的。

只是如今我們不再是同一個人。

我想念你。

想念童年放學後的雨天炎天，頭一次我們並肩一把傘，爭執該向左或向右，往港邊或書店。我們，我和你，仍然在同一座浴缸裡摸索著彼此的脊骨，憑著記憶的觸覺我知道你曾經設想三十歲的自己。只是我不再提起那些過往今昔，像潮汐消長，像你一個人是孤獨的星辰，日子這樣子過。日子這樣在過。一條路走到這裡，是否有岔路已經不是很重要了。回頭與否，也不重要了。我走著。即使前方不會有甚麼完美的解答，那麼就給自己編上一個謊話，每天早上，跟昨天一樣戴著面具出門。

但我們確實不再是同一個人。我知道你曾自傲於你的痛苦，你的妖豔，你說文學是火焰每字每句打從身體開出來都是花朵。只是，我甚至不再有餘力感受痛苦。不再有時間書寫，我是那個率先放棄了的人。

放棄寫下你我所一度共有的，關乎生命苦痛的文學。

你不會想要知道這些。

是嗎？我親愛的少年詩人。

*

「原以為你和別人不一樣，」當他這麼說，你想要反駁。

但其實你沒有甚麼不同。

我依然和人們談論典範的問題，談論著黑傘底下有人信守，有人踩著泥濘的雨水離開。

親愛的，我見過在陣風的巷口——蝴蝶拍過祕密的航線，我們眼見燕雀從眩目的日光中飛來，盡是一筆歪斜的飛行也能將之捕捉。我們，我和你，談論蝶的前世，讚嘆尺蠖的屈伸，初春以後，又有誰來笑談蛻變的必然。當話題進行到飛行的快樂，帶來短促，沉默，與停頓——有些事情還能令我們都點頭同意，然後日頭愈攀愈高，照亮了你的夢。

像那首詩。

你能夠背誦的，「你在橋上看風景／看風景的人在樓上看你／明月裝飾了你的窗子／你裝飾了別人的夢。」

我在這裡看你。

你握住了我的手。「我一直在。」你說。你一直都在。只是，當時的你，一定沒有想到我會變成現在這個模樣吧。

親愛的。我不猜測你的猜測。我也不願記憶你的記憶。

總有些話留給別人去說，當我看見昆蟲與風一同吹進了天井。那時，並沒有甚麼東西落在你的頭上，自然也沒有甚麼東西將巷口的夕陽遮蔽。
只是我不忍告訴你。
我親愛的。

他沒說過他說過的那些
眾人等待他清潔完畢安靜地躺下
遞出一些選項
其他的
則留給進出這情節的人們

輯二

不在

你只是想寫

你只是想寫。想寫的時候像獨自跳下懸崖。觀看，且等待。誰會見到你，在黑暗裡揹著一個旅行袋，戴一頂棒球帽，有著祕密的情感挖開一個樹洞然後你寫。只是你之不能，無非你是個不完整的人。

靜聽窗外風聲吹起是殘酷的玩笑，寫下一個字，兩個字。

也很好。和你的書寫都相愛相依，直到死亡把你們分開。願以你擁有扶持，好壞貧富，病疾與康健。你寫。你寫只是因為你無法拯救任何人，甚至無法拯救自己。疲勞讓你專注。專注眼前，一襲愈壓愈近的隧道視覺你專注在眼前的生活，愈是專注愈是無法看清。

因為近所以暈眩。你知道。這道理你每字都明又不明甚麼意思。

前一夜走廊上有人貓步走過。因為太靜，所以清晰。午夜在花前吸菸那人肯定是你。房門半遮，並非盡開，卻足夠讓人看了進來。經過的人都知道你坐在那裡，寫無人讀的誓言。誓言講完，把一生說死，祝福成為咒詛，另一方有人在三萬英尺處叫來一杯冰凍的白酒，他會不會想起你。你不知道，你寫，寫你的不知不明，無知無明，寫一架班機上安定的廣播，救生衣在您的座椅下方，寫下班機的墜落。像煙，像火。

靜午的小時刻你寫。寫是日的港邊你們在碼頭上飲酒。唱歌。現下的旋律甚麼也都忘了，又記得清，蓄意把啤酒瓶摔落油汙的海裡，酒瓶已空，似浮又似沉。並沒有裂開的物事，清碎破裂的是你人生。是日港邊，你跳下海。他拉開毛巾在港邊等你。他沒有說甚麼，只說你髮際有鹹的風向。陽光和暖，海綠天藍。你寫下。

同時寫下他有他的生活，他不是你的甚麼人。有陽光。幸好還有陽光。也便很好，你已經不能再寫。

久遠以後，他傳來訊息，說要你。你在哪裡，我來找你。你沒有回，你亦不寫下這事情，你只是說，今日陽光晴好，風啊塵啊且讓它們靜。你不再有話了。有些你寫下，更多的沒有，黑暗的水平線躺在前方，沒有人能夠征服的，也就無人能夠超越。無法渡到冥河的對面，此岸天空不斷延伸，野薑花開，野薑花落，就已是美好的安慰。

你剛參加完自己的葬禮。是甚麼穿越了時間而存在？你的寫，你的不寫，塵砂揚起了穿入你甫搖下的車窗，你有點想看路上的風景。

眼睛入了砂，其實已不再有眼淚。

生而為人這一程其實你活得完滿，富足。即使回身已成曾經，也無比豐盛。

公車鄰座的男人

公車上鄰座的男人問我是不是換了新的背包。

敦化幹線走走停停，晨光裡的週一早晨，公車一如每一天的早晨，打新生南路右轉和平東路。一如每天早晨，吐出些中和方向進城的上班族，吞下些，一如每天每天的早晨前往敦化南北路的人。是早晨重複著它自己像每個好人都在學習著扮演好人，鼓起勇氣在鏡子裡告訴自己「你沒問題的」那每天早晨，我搭著敦化幹線，而少數的幾次，我會足夠幸運，能夠瑟縮在車尾靠窗的座位假寐。

某站，旁邊的空位有人坐下。從磨得有些古舊的皮鞋尖看得出是個男人。我把身子縮得更緊些。確認自己守好了那僅有的狹仄空間，且想一路睡到長庚醫院站。如果可以的話。或許吧，上班族，誰不是呢。

當鄰座男人伸出手輕碰我左臂，我以為自己背包口袋沒鎖穩妥，掉出了甚麼嗎，趕緊抱緊了背包，卻沒事。他又碰碰我，這才抬起臉來，看見個穿藍色素面襯衫牛仔褲的男人，長袖半捲，寬厚的臉配上一對鳳眼。臉上寫著彷彿有甚麼話說，我拿下耳機。音樂開得再大聲，在公車引擎的呼嘯中也是聽不見的。

我看著他，等他發話。

他說，你是不是換了新的背包？很好看。

我說啊，謝謝，是啊，前兩個禮拜新買的。他說我記得你之前背過公事包。也有時是個黑色的背包。但還是這個好看。他說，你都從哪兒上車？中和嗎？

那時公車剛過和平復興路口，從中和來的泰半人群嘩地一忽兒全下車轉乘捷運去了，車外陽光明朗，車內冷氣則突然顯得幽涼。我說，我在台大上車。公車是這樣，我留意過的，上班時間在台大上車沿敦化幹線一路到長庚醫院的，大抵僅有我一個。有個齊等過幾次車，年紀比我輕些的女孩，表情總是有些倦意的那女孩，在科技大樓站便下了，還有個中年女人，拎著她的LV大包在遠企站下去。不過遇到幾次罷了。正想再搭個幾句說，你是在和平東路上車的吧——心底卻自個兒發笑了，還能是哪裡呢——他又已指著我背包上頭那飛機座椅式的安全帶扣環，說，繫緊你的安全帶。挺好的設計。我說，是啊，看到這包我立即決定買了。他說，好品味哦。

他問，這班飛機是要去哪呢？他說，我只搭過幾次飛機而已。

我說禮拜一嘛，唯一的目的地僅能去辦公桌啊。

他笑。他說，我是個廚師。辦公桌是沒有的，飛到鍋子裡頭是有點可能。他半捲的長袖露出半截手臂，有些星星點點黑黑斑斑，我這麼看著，盯著，他突然意識到了似，拉了下袖子，但也沒把手臂收起，他轉過頭來直直看著我，說，很久了，這些，真的是給油鍋炸出來的。又說，能坐飛機的人，怎麼會買張票進油鍋呢。然後他大笑。我突然覺得自己三十秒前講了一個非常爛的笑話。可我又不是真在講笑話。生活是這樣，公車轉北了，陽光斜斜自東側的大樓間隙透過來，照亮每個人。讓每個人看來都非常像透明人。透明而疲憊。每一天，每個人自己等車，從哪裡上車在哪站下車，或許公車司機認得每一張臉，也或許不，每個人下車刷卡每個人說謝謝。可是那真的是謝謝嗎或者只是個習慣。

然後，就在這天，鄰座男人問我是不是換了新的背包。

我很想拉住他的手跟他說，謝謝。謝謝你記得我。像每一個陌生人彼此記認像辦公大樓裡時常一齊等候電梯，數算所有停靠樓層的人。都陌生，又熟悉。他說，你知道敦化幹線終點在哪裡嗎？我說，是建國北路吧，接著它要繞一圈，沿著敦化北路再次往南，走基隆路回中和。他說，是啊。可是我不曾搭它到建國北路。我也是。

我在敦南誠品下車。他說。我總是在敦南誠品就下車了。

我說，其實，這輩子，我從來沒有把任何一路公車從起點到終點搭完過。他說我也是。

有時想在假日搭到公車的起站，然後回頭，但只是想想。總只是想想。

他說，我也這麼想過。就是想想而已。但若難得放假都睡到自然醒，懶了。說完他自己笑了。彼時車繞過仁愛圓環，離心力轉出些傾斜的角度，鄰座男人彷彿往我身上挨了一下。敦南誠品到了，我說。你要下車了。他說，是啊，要上班了。祝福你有個美好的一天，我說。

他說，我覺得你的新背包真的非常好看。他說，再見。我說，謝謝你。

我跟鄰座的陌生男人說再見。

長庚醫院站距離敦南誠品其實並不多遠。許多人在忠孝敦化上車。許多人在市民大道口，在體育場，在台北學苑下車。我在車子末尾看著那些上車下車的人，試圖辨認每張臉，和他們的包包，也或許是襯衫的顏色，眼鏡框。我多麼想要記住每一個人。但在熱辣辣的陽光裡邊，那幾乎不可能。也或許午後會有場陣雨當雲積聚。下車後，我在台塑大樓前面站了一會兒。看著那些敦化幹線以外的車，比如275，比如285，比如906，262。我很想趕快走進大樓間透出的陽光。我很喜歡我的新背包。它很好看。

可這只是週一而已。
或許週五很快就會到了。

上層月台的愛

捷運站裡，那中年警察杵在矮籬站內的一側，漫不經心地看著下班時間的人潮來去。

他容貌並不起眼，年約四五十吧，制服底下的身材即便用最寬鬆的標準來看也算不上精實。矮籬另一側，有個中年女人燙了大捲的髮式，染燙多次的髮質看來有些乾澀，是身子傾了向那警員，細細密密講著甚麼。兩人講話的時候，警員偶側了身，彷彿要耳朵靠得近些，聽聽妳講甚麼呢——卻是執勤的時刻，身子又突然彈遠。

女的想來是說著體己話吧？男的像是意識到自己一身警察制服象徵甚麼也似，收攏了鬆散的姿勢，趕著把雙手，表情，笑容，都給攏回自己背後。那假意嚴肅的姿態自然是惹人發笑的，女的這時已有大半身子探進了矮籬站內的一側，說著甚麼，逗著甚麼，還伸出手指，大庭廣眾之間逕自胳肢去那警察的上臂。

男的閃也不是，不閃也不是。一臉尷尬，又笑。

女人眼見逗鬧得逞，一頭棕金捲髮毫不遮掩地抖晃出整個地底的笑意。那真是愛了。下層月台上，列車即將進站，風吹起女的頭髮，往男的臉上搔啊搔，摩啊摩。一座城市的安全從不在有多少警察守護，而是那太平盛世的場景，能看得人都痴了。

皮蛋豆腐的吃法

併桌的青年男女面向一盤皮蛋豆腐，正討論著要不要把它兩大項胡亂搗碎了，攪和著吃。

他們討論的姿態非常認真，若是光聽語氣，大概會認為他們是一對新婚夫妻，討論著新屋的裝潢，那小小的浴室要不要裝浴缸，抑或是單純配組乾濕分離的隔間。女的顯然她比較偏愛皮蛋豆腐分開入口，舉起筷子，正要下箸望豆腐進攻，男的倒是欸了一下，說等會兒啦，拿起手機拍著小菜上頭的蔥青花，說，這皮蛋豆腐就是要豆腐皮蛋醬油蔥花攪爛成片，再用湯匙撈著吃。

女的說，哪有人這樣吃，那是因為你很不會用筷子，一夾就爛。

男的回嘴說，並不是。

女的吃吃笑了說，你就是。講一講，不再理會男的，逕自去夾豆腐吃了起來。

這時我的餐點到齊，照往例，撈起魚丸湯裡頭的蛋包，扔進蔥花白麵碗裡，拿筷子戳破蛋心，半熟的蛋黃旋即嘩地流淌出來沾滿了麵條。用筷子夾起大把麵條，蘸了蛋黃，沾黏些許蔥花，啊十多年了，還是覺得這福州乾麵就是要這樣吃。那女的大抵是聽到我內心滿足的吶喊，小小咦了聲，轉向男的說，我們也去跟店家說魚丸湯也要加蛋好不好？

男的甫加點蛋包，便聽得湯鍋邊的女人大聲向全店宣布，今天蛋包售罄。

麵店雖忙，不過這店家老闆動作利索，沒等多久那對鄰座男女的餐點也來了。

女的才剛笑著說，該不會是我們把最後兩顆蛋包點光了吧，真幸運。不過，那快樂僅持續到她把筷子往蛋包戳下的瞬間，她大大啊了聲，說怎麼是熟的。便又快手快腳去搶那男的湯碗裡的蛋包，再戳，啊，又是熟的。男的說，最後兩顆蛋啦，人家說不定是先煮好了，我們點才丟進湯裡，自然是熟的。女的呢喃說可是我看別人的都是半熟的蛋包，那樣黃澄澄的看起來超好吃的說……

男的一派輕鬆說，不然妳把皮蛋的蛋黃拿來沾蛋好了。那時我已把一碗白麵吃到見底，再抬起頭來的時候，那對青年男女面前的皮蛋豆腐已經支離破碎，皮蛋裡有豆腐，豆腐裡有皮蛋。女的邊用湯匙去撈，邊怪罪男的果然是用筷技巧太差。男的說，正好讓妳拌麵嘛，好啦好啦，幫妳撈。女的則說，好啦，下次早點來，我要吃半熟蛋，不過你不准對皮蛋豆腐下手。

站起身來準備埋單，我險些笑出來，多想跟他們說，同愛人一齊吃碗光麵喝碗湯，就先別管皮蛋豆腐是分離了吃好，還是搗爛地吃好了吧。其實都好啊。那確實是一個週日最好的光景了。

不過白麵果然還是要蘸了蛋黃吃美味些。

畢竟我才是那個幸運的人啊。

午餐遲了，他的也是

午後兩點，用餐時間早過了。麵店裡沒幾個人，空調依然開得疏冷。濕度不斷上升，氣溫持續下降。一個大男孩走進來，邊還走，邊望外頭喊了要一碗炸醬麵，燙青菜，餛飩湯——話聲還沒落，人已在我對面桌子落了座，旋即從筷桶裡頭抽出一雙環保筷，拿紙筷套摺了起來。

我看著他把長長的筷套四等分對摺再對摺。歪頭想了想，拆開來，調整比例，換成三等分摺妥了。再按短的一邊對摺。他的表情轉而為仔細，用食指先在小長方形的左邊沿著中線往內壓，收成小三角形，短邊往內掐凹，捏緊了，再是右邊，如此便收出個精巧的小梯形。

他穿著一套並不甚合身、質料也顯得平庸的西裝。玳瑁色粗框眼鏡，他手腕上黑色膠殼一只粗厚電子錶。不曉得從哪座大樓下來在麵店與我偶遇，坐我對面桌子的大男孩他摺著筷套。

一個簡易的筷架。

可還沒完，大男孩將梯形的短邊向下壓出道曲線，拇指略微施力，確保凹折的曲型兩側均勻，完整。

於是我對面的桌上出現一個元寶。也許像艘小船。駛在窗外那籠罩城市的細雨之中，駛在台北給雨水浸濕的所有天篷與角落。那樣一只筷架。他敲了敲那筷架，確認受力均勻，平整，可靠。他的表情非常滿意，這才把筷子靠了上去，掏出手機開始把玩。

已經午後兩點了。想來他的午餐早已遲了，而我的也是。

睜睜看著他，令我感覺嫉妒。

我嫉妒他的年輕與他的尚未被生活磨損。嫉妒他在一個不斷延長的早晨之後，依然自在，自得，自信。嫉妒他在兩點的午餐依然講究得細心摺好了筷架。我只是想著，大滷麵怎麼還沒來。我嫉妒他的太不像我。又或許是——我嫉妒自己曾經像他。我曾用一樣的耐心摺出一只只元寶般的筷架。我也會在調整最終收尾曲線的細節時，遮掩不住對自己的微笑。我曾經。

只是某天我不再那麼做。

甚麼時候開始，我不再做一件令自己安心的事情？

甚麼時候開始我在四十分鐘的電話會議中，只想著等等要吃甚麼。其實我想不起來了。追逐速度，效率，這樣的生活，又何曾為自己的更多時間掙來了平靜。

大滷麵。我的午餐遲了。他的也是。

我把臉埋進碗裡。埋得很深。且依然能夠聽見對面桌子的大男孩開始吃他的炸醬乾麵。唏哩呼嚕，震天價響。他那樣滿足，發出巨大的安於生活的聲響，響在我一片寂靜的房間。窗外的雨是剛下吧，不知還要下多久。原只是想要好好吃頓午餐，跟平常一樣，我並沒有帶傘出門。

吃粥

那天下班，突然想吃熬得白糜糜的粥。想極了。想的不是台式番薯籤稀飯，是要生滾到米粒形體盡皆化盡的廣東粥。其實番薯籤稀飯本來是粥食王道，百般搭配滷豆腐，龍鬚菜，醬茄子都好，但偏想念的是香港生記粥品的廣東粥。

在台北還沒吃到過地道的廣東粥。

那年暮夏，頭一次在港島同他碰面。深邃暑氣裡，是吃晚餐嫌早了，英式午茶又稍過分甜膩了的節氣，眼看距離約定了的晚餐時間還有些空閒，他問我，想先吃點甚麼？茶餐廳，還是粥麵，翠華？我說，都好，你帶路吧。他便帶我走過長長的國王大道，去鯽魚涌的生記粥麵。坐定了他說，你要吃甚麼？後來想起，他是總這麼問的，像是憂心我吃不飽了過得不豐足了他問，再點些甚麼好嗎？我自不曾拒絕。那熬得糜了的米飯口感，生滾到米粒形體化盡，配料可是豬潤，雞肉，片牛肉，抑或是極簡單的皮蛋瘦肉，加一碟油炸檜、一碟米粉。

他說，小心燙呵。說廣東粥要這麼吃，拿湯匙薄薄舀起最表面一層白粥，粥裡的配料蘸著蔥薑豉油，熱騰騰下肚，他又是喜歡吃辣的，匙裡添了乾辣椒豉油，不管吃粥，吃麵，水餃雲吞，辣的味覺是他早市午食皆宜的佐料。

港和兩座城市的日子，幾年這樣過了。

後來便養成了在港島等他下班前，自個兒先去生記，羅富記，或何洪記吃碗粥的慣習。但還是生記最好，羅富記的鯪魚球和蛤蚧腥味稍重，而何洪記則人滿為患，燙口的粥還沒能吹涼了已趕著要走，還是鯽魚涌那生記店家左近是香港殯儀館，鄰近的店鋪賣著大朵白菊散著慵懶的清香，死生清閒。

卻不知是畢竟不在了香港，抑或是當真台灣店家做不出那般口味火候，台北難得吃到過地道的廣東粥。那天下班，疲憊已極，想吃粥。辦公室附近也沒甚麼選擇，還是來到老友記。晚餐時間，台北的餐廳人聲鼎沸。併桌的對面，來了對看來年紀五六十的夫婦，男的體格顯胖，厚重的眼鏡顯出極深的度數。女的則穿著成衣商場款式的衣服，鑲著廉價的亮片一般，在桌子對面安坐。女的說，你吃一樣嗎？男的嗯哼一聲，沒說是也不是，女的就說，雲吞撈麵乾的吧。男的又哼了，說就是。女的召來服務生點菜，說叉燒還有沒有？回說有，女的說，那我們要一個乾的雲吞撈麵，一個貴妃雞叉燒飯。

舀著碗裡的粥，我想自己其實並不特別愛老友記，鮮蝦腸粉的粉質過韌了，粥裡的米飯又顆粒分明，明明要吃的不是蛋炒飯是廣東粥呵，花生略將點綴，但總融不進粥裡，只不過圖個解饞和交通便利，還是吃。還是吃，吞進一日的緊繃，蘸了豉油的腸粉染了甚麼色彩都像是即將被工作吞沒的我自己。也沒甚麼。

對面那男的始終沒甚麼說話，那女的掏出手機，想是滑開了LINE的畫面，自顧自說，那個某某怎這樣問話，說是你們明天會在店裡嗎？

男的悶著口氣說，我不在。

女的說，人家也沒問你，問的是「你們」。男的又說，總之我不在。女的說，他每次傳這樣訊息來都不知要幹嘛，賣這賣那，讓人覺得心煩。男的說，乾脆妳也說妳不在吧。女的說好啦就這麼回他了，他定覺得我在敷衍。我若變成他的敵人都是你害的，說完自己笑了。男的說，那又有甚麼？女的回說，唷，你不知他很會記仇的呀？男的又哼了一下，說他是妳朋友可不是我朋友，就算變成我敵人他也還是妳朋友。女的還想回點甚麼，這時貴妃雞叉燒飯已遞了上來，女的夾起塊叉燒說，油亮油亮的語氣說，欸，你吃一塊啊。

這家還是叉燒好，其他的東西實在有些不行，那女的說。男的拿起筷子在指尖耍玩著說，撈麵雲吞都還可以。這時女的像是突然注意到桌子對面我正舀著自己的粥，抬起臉來說，小弟，我不是說你的粥不行哩。別介意啊。

男的嘖了一下，說跟人家抬槓甚麼呢妳！女的便笑了。說吃飯吃飯。

吃到一半女的又起了話題說，那個誰誰兒子永和家裡最近要裝潢了，說是沒甚麼錢，向兩老問了些錢。其實不想給，他媳婦結婚以後就辭掉工作了呢。還好意思。

男的說，他們家兒子那邊不是在等都更？還裝潢。

女的說他們那個社區，就永和路轉進去，往國小那邊的巷子進去，快三十年的老公寓，雖然在等都更，可是巷子前頭四十年的都還沒辦，哪輪得到他們。算了吧。前頭那店面的，聽說是在等人出更高價，拖了幾年了，辦不成。後面巷子的就更不用說，屋齡都沒有前面的老。摸摸鼻子算了，要裝潢，就裝潢吧，順便把漏水甚麼的治一治，小夫妻倆說是這一兩年要生了，生了又是一大筆開銷，一兩百萬也不是給不起，好像也就這樣吧。

就這樣吧。這時桌頭一陣氤氳。男的說，咱們家小鬼是不是最近在想求婚？

女的說，才知道。應該吧。在想是不是該在台北市給他找個房。頭期款沒人幫忙是沒辦法了。唉呀台北市怎麼買得起？光自備就要七八百萬。貸款兩千，要還三十年一個月都要好幾萬。擔得起？

男的說小鬼自己都沒開口，妳別把他寵壞了吧。

我想他們家裡的兒子大抵跟我差不多歲數吧?每到三十歲前後關頭，房啊車啊老婆啊成家立業了誰都想要五子登科。

卻並不是我。

突然那個女的抬起臉來說，小弟你結婚了嗎?

一瞬間我愣了。沒有預料到自己突然成為話題的核心，忙說，還沒。確實還沒，也不能夠。搭著話說，沒錢呢，怎麼買房子，又怎麼結婚?

那天我只是想吃熬得白糜糜的粥。生記粥麵，港島上兩家分店，一在上環，一在鰂魚涌。還是吃鰂魚涌那家的次數多些。距離太古也近，吃粥時，總想著，再沒多久他便要下班了。港的黃昏都是他的，跟著他，讓他領路的時間久了，含著入口即化的白粥，也不知想念的究竟是那港還是粥。

花與麻辣鍋

彼時天氣還是熱的，麻辣鍋店裡氤氳的蒸汽自是吸引不了多少客人。

這頭兩個人並肩坐了，方吃到一半，那頭呢，一對青年男女翩然而至，坐定了先，店家遂把長桌用木屏風遮了，分成兩岸。那對男女聒噪起來，先問這大碗是蒜花還蔥花，把菜單翻開了又闔上，問，點些甚麼哪。女的胡亂把桌面碗盤筷碟挪過來挪過去，像對男的一嗔，甜甜說，嗳，怎麼著，這兒沒醬料呢。聽了口音，不曉得是華東哪裡人，炎炎熱天，男男女女，自然還是旅行戀愛的季節。

上好的肉片在辣湯裡涮不多時，血色褪去便起鍋了，就著大把青蒜花捲了吃，十分過癮。

旁邊那人，逕自開了清酒飲著。麻辣鍋是這樣，吃沒幾口，汗水便嘩啦啦滴淌，這頭兩個人沒怎麼說話，流汗，吃肉，拿了面紙，光是擦臉。側耳聽的，反都是屏風那岸傳過來的話語。

那女的穿了件短襯棉褲，蹺起了腿那膚色白白的，大半截露在外頭，趾尖勾著只夾腳拖鞋，點啊點的，晃啊晃。男的呢，一對劍眉，星目，幫女的滾了肉片，像是又想了女的說要點醬料還甚麼，自在裡卻有些慌忙，說，給妳拿些麻油甚麼的，好不？女的搖搖頭，說甭麻煩了，這鍋底味道十足，男的正要起身說，真的不用？手臂卻一個迴旋把半只碗裡的肉片湯汁碰傾了，女的說唉呀，真不小心。又噗哧一聲說，你真帶點傻勁兒。

是，我真傻勁兒。男的突噘起嘴，那莊嚴的容貌像生了個漏洞，鬆懈了。

女的說，那你怎麼用個詞兒形容我？

男的歪了頭，想想就說，是可愛吧妳。那女的兩隻手肘撐在桌上，拎了筷子，兩支筷頭轉啊轉的，像不甚滿意那樣，追問，不行，這太普通了，況且你上回也說那個誰誰可愛呢。這頭兩個人對看了下，有些想笑，女的是抓到男的把柄了，看來這男的今晚要糟。男的說，那人不可愛的，跟妳也沒關係，提啥呢妳。女的雖在逼問著，那側臉可還是帶笑，說，再來，再來。

男的說，我呢，是覺得妳豈止可愛，還有嬌豔。說著說，又推翻自己了他說，可看著妳這神氣啊，倒是有點妖冶。

女的這回可要抗議了，發著嗔嗲說，妖冶，這哪裡是稱讚呢！

男的此時已恢復了原本那寧定的模樣，說妳沒聽我說完，妳的妖冶啊，是裡頭還帶著一點蕙蘭的氣質。女的兩隻手臂往胸口一掐，一攏，肯定是不滿意了，說，還花呢！我覺你扯得有點遠。嘴一嘟，也不吃了，一副臉就等那男的給她個大好交代。

男的急了，說不能扯花麼？可我就是向日葵成天繞妳轉。

女的嘴上不饒人，倒是嘴角已經斜斜揚起了，說，是是是，我就你的小太陽。男的把杓子探了進鍋裡，撈起塊鴨血豆腐的物事，問女的吃不吃？女的說不，我今天吃了挺多鴨血啦。男的說，清火呢，還是妳這麼高貴，吃不得鴨血這貧賤材料。嘩，這回馬槍，犀利。

一瞬間彷彿男的搶回主導，可女的其實才是這局的主人，嘴角一翻，說，那你還沒說用個詞語形容我。高貴不算的。

男的噫了一下，還來啊。搔搔頭髮說，可我形容詞都用完啦，那麼就說，花吧，非洲菊還可以的吧。女的搖頭。男的又說，妳是特殊的平常找不到的蘭花。女的又再搖頭。荷花呢？可以。但為甚麼是荷花？男的說，荷花這花啊，以正為主，可又妖而不邪，我覺妳又沒那麼正，再說一次呢，妳是帶點妖冶的那種花。

女的噗哧笑了出來，說行了行了，別騙我你對花語可沒那麼多研究。

男的湊了近，像乘勝追擊，說鬱金香妳覺得怎麼樣？女的悶起來了笑。男的說，它很貴的。像黑色的鬱金香。女的說，貴，是貴在那花都養的，花啊，是培養之後便不特別了。這時女的低下頭去再夾了兩片肉，從鍋中夾起來的時候，肉片沾滿了辣湯滾油，滴滴淌淌，紅豔紅豔的，用低低的聲音說，我們倆這樣，自自然然，也挺好的。

是挺好的。彼時天氣還是熱的，麻辣鍋店本就蒸汽氤氳，突然不曉得哪只鍋裡沸起一陣水氣。炎炎熱天裡，那對男女還逕自說著話呢，暑氣未了，也不需要知道他們究竟打哪兒來，旁邊那人又開了瓶清酒，要了盤青菜。

愛人的二十四節氣是這樣，人在就行了，自然無論何時都是旅行戀愛的時節。

如果你記得

台北世貿中心左近，來去的人總是行色匆匆。步伐快，還可以更快，一雙雙皮鞋高跟的足跡，即使揚起塵埃，也會很快在下個紅綠燈切換瞬間，給車流，或給自己衣角捲起的風給撫平了。

路過的人總是搓著掌心，只不過一個紅綠燈的等候，踮著腳尖，緊盯燈號讀秒。四十秒，三十五秒，二十五秒。

卻是那突兀的兩人的組合，突然攫獲了眼睛。

是女人推著張輪椅，輪椅上坐著一個初老男人，男人咿啊咿啊地叨念著甚麼，像嘴裡含著未及吞嚥的口水，那女人，她側著臉，伸出右手輕撫男人光禿的腦杓，男人頭頂心細白的初毛，在春陽下熠熠折射著青白的光芒。她的右手溫軟地包覆了男人腦杓，掌心暖著一顆心，而其實此刻氣溫已經上升，還有甚麼會讓人感覺冷。

女人說，你要常出門走走啊，這樣就可以記起更多事情。

她說，常出來，看看這個世界，你一定可以記得的。你看，這條是信義路，信義路你記得嗎？一直延伸過去到很遠的地方，真的好熱鬧呢。斜對面就是鴻禧花園大廈啊，再那邊是一〇一，你看，你看。一〇一好高哦。你看。

你記得嗎？那是台北一〇一。

男人口中發出了甚麼嚶嚶囁嚅著，些微抗拒著的聲響，沒有說話。

接下來便綠燈了。

女人推著張輪椅，緩步過了路口。這日世貿展覽館未有展會，大門深深閉鎖，裡頭像是有個黑洞，所有時間經過，也都突然靜止。

女人說，你記得嗎，這裡，世貿中心。我們一起來過這裡看展覽唷。那年，我們來看食品展，你記得嗎。食品展，有很多的小吃啊，鳳梨酥，擔仔麵，牛肉麵，你最喜歡吃的牛肉麵呢，那年，有好多好多的牛肉麵店都來這裡展覽了，你是不是記得，你那時候一個下午就吃了三碗麵呢，我說，你會不會吃太多啦，你跟我說，不會不會，牛肉麵，是你最喜歡吃的東西。

她話語輕盈，字字句句拋進了春日的季風，手始終撫摸著男人的光頭。

溫柔能比時間長，卻比遺忘短暫。

那一直聽著的男人，或許也是畢竟沒能聽見沒能記得的男人，終於出聲，反問了，牛肉麵？

我，喜歡，牛，肉，還是麵？

那女人輕嘆了口氣，說，你要常出門走走，就可以記起更多事情。如果你記得就好了。如果你能夠快快好起來。一口氣，嘆得很輕，很短，很快也被捲進旁人快步通過的步伐裡邊，甚麼也留不下。這時，女人的語氣又變得堅定，她說，來，站起來。

站起來走一走，走走你會好得更快。

男人抵抗的口吻，卻像是個小孩了他說，不，不要嗄。不要啦……

女人突提高了音調她說，站起來。你不自己走路怎麼會好呢，你甚麼都忘了，你不可以連走路都忘了，不可以。不可以這樣。

他者的步伐還在超前，卻回過頭去不忍看了一眼。那男人，那嬰孩般反抗的男人終究站起身來，顫巍巍的身影，彷彿下一秒鐘就要被大樓底的陣風給吹散了，他沉沉跨出一步，跨出兩步。

在極快板的生活裡邊，初春的陽光已那樣熾烈。初春的風，還隱隱刮著料峭的寒意。

他跨出第三步，影子太過清楚，但不曉得他能否記得。

喜鵲記

台灣其實多喜鵲，而少烏鴉。

講技術趨勢的記者會總是讓我非常疲憊，和廠商聊聊市場，產品，技術，其實都不上心，城市非常光亮，風卻惻惻地吹，像極了幾個市況的祕密交換了也不必真的說完。很快我便從君悅飯店裡邊退了出來。深冬午後，陽光非常閒散，轉到市府路，那墩著的花崗石椅上，一隻鳥，黑色的披羽，白的側腹，尾羽和鳥身約莫等長。

是喜鵲。

鳥側頭看我，陽光打那鳥背後的大南方透過來，暈開來，散射開來，我也看牠。我們中間有些塵埃有些渣滓暗浮著，我走近些，那鳥揪了一下尾羽，我以為牠就要對我嘎叫了，可是牠沒有。

想再走近些，想問牠，你能給我帶來甚麼好事呢？比如說，總是無法延續的快樂，又或者是太過短暫的喜悅。牛郎織女的傳說已是夏日的誦傳了，可這是深冬，我們都一齊在忍耐著甚麼，告訴自己，冷，但只要不下雨，就好。我們總這麼想，就好。就好了。每天早上爬出被窩，只要還不遲，只要再過兩天就是拜五，就好。

我想起那些年，在研究所的日子，台大後門左近的樹林裡也不知棲息了多少喜鵲。

就著那五樓以上的天台，夕陽晨昏裡邊，巡弋的鳥影鵲鳴。

台灣其實真多喜鵲。牠們總是在。

有次，在新聞所的樓梯間撞見一叢完整的鳥羽，黑裡夾白，拼起來恰是喜鵲的體格，朋友說該是給野貓捕了去，且去光了毛，食了。但那安靜的死亡的場景裡邊，卻無血無肉無骨。隻貓怎能這樣俐落？我狐疑，過了幾天，那些齊整的羽毛還在，又再過幾天，便給人清去。那喜鵲終究是死了，但很安靜，清潔，純粹。像生活讓我們衝撞著無邊的房間生活是沒有兇手的命案現場我們在那裡逐一給它傷害。

是以我想問牠。想問牠那些其實我也不知有沒有答案的問題。

再走近些，那喜鵲一振翅，撲向半空的樹頭，降落前已先收攏了翅膀，翼尖騰一下，那鳥如張紙剪成的形狀，便這麼衡穩地落在樹梢。

又低下頭來看著我。那鳥的眼睛，很黑，且深，不是流星也非龍眼核，只是一對眼睛。銳利。清冷。而鎮日對著電腦螢幕逼視的我，眼已花了，視線已分岔了，看著牠我不喜不憂彷彿我們已經過很多的時間但牠不過是從地面上了椅子又上了樹頭。車從我旁邊過去，車，從牠底下過去。

我想，那喜鵲接下來應該會對著空無的空氣與霾害嘎叫兩聲吧。

印象中，喜鵲的叫聲並不討喜。和同科的烏鴉一樣，粗粗礪礪的，逼著張破鑼嗓子，邊飛邊叫，嘎嘎又嘎嘎，乾得像我的生活，澀的部分，則是這忍冬的天氣。也如同一般的大型鳥，牠們的飛行路線往往十分穩當，畫出一條並不存在的路線，降落在我們無法預期的甚麼地方。

曾聽人講過個笑話，是關於十二星座怎麼讓鸚鵡叫。有人等，有人學，有人逗，有人殺了鳥自己叫，而我呢，其實我並不記得自己的星座是怎麼等鳥叫的。我又向來憎恨鸚鵡的邪氣，這午後我偏想聽那喜鵲叫。抬臉來，那鵲還在，市府路的天際，反而來了隻烏鴉斜斜地飛過去，嘎著嗓子叫了幾聲，嘎，嘎，嘎。我低低暗笑，對自己。

台北其實多喜鵲，而少烏鴉。

我又在樹下等了一會兒，但那喜鵲拍拍翅膀，飛了，始終並沒有叫。

這才驚覺，為生活啞口的人原來是我。

阿力

有時候他叫Lee，有時叫Hugh。也知道他本名本姓的顏，但給他剪頭髮幾年了，輪幾家店下來，還是習慣，走上位在二樓的髮廊就問，「阿力在嗎？」

人生就是一連串習慣的積累，比如說，我習慣扯謊。扯些不算對，但也不算錯的謊話。對於初次見面的人，保險業務，街頭直銷，乃至第一次嘗試的髮型設計師，扯些無關痛癢的大話小話。明明二十五歲說自己二十二，在念研究所時說自己在當兵——天知道我根本沒當過兵——被問到家裡是否有其他小孩之時，就臉色也不改地說，沒有，我是獨生子。若有人問，結婚了嗎，就說正跟女朋友在計畫打算要結婚了。

很多時候，我從來就不習慣，其實也沒有必要，鉅細靡遺交代自己生命的來龍去脈。

第一次見到阿力是在公館大學口的PS7。當髮廊助理給我洗完頭，坐回剪髮椅上，戴著粗框眼鏡的阿力笑笑走過來，問我，「你台大的吼？想怎麼剪？」

我也不例外地腦筋一轉，開始講些不著邊際的鬼話。

*

我邊形容著，其實就把兩側剃平，擼掉，來個兩三分吧。頭頂髮尾打薄，抓一下就可以展現俐落，的那種男人髮型。

阿力點著頭，拿出長夾丈量我的髮線，夾住這排髮流，再從腰間抽出另一支長夾，固定另外一側的髮流。說，怎麼啦，不好意思承認自己是高材生齁！

我說，沒有啦，不是台大啦。多數時候，我們都不免面對這類問題：我是台大的，但是研究所畢業生。承認了自己是台大，接下來又要問你念什麼科系，做甚麼工作。果然，阿力不出所料問了，所以你現在在工作囉？我說是。做哪方面的呀？這類問題不斷開下去，我回了，證券相關。這不算謊話，但也不是實話，他說哇很厲害呢，財金系嗎？我說，沒有啦就是念了一點相關的。

我大學不在台大啦在政大，只是住在附近，就跑來給你剪。

髮型設計師可能都是擔憂尷尬，感覺服務不周，必須講話。可有時候只是想要好好剪個頭髮而已。我真的沒有那麼多話好說。

光是講話，不算謊話，也不算實話。扯謊不用負責的狀態，很舒服。我喜歡。

阿力服務的店家收費實惠，剪起來也齊齊整整，過去一個設計師用剪薄刀修的髮尾，整一個長度其實層次就死了，阿力呢，則是仔細盯著用梳子挑起了，用利剪喀嚓喀嚓削過去。用電推修整我頭側鬢角的時候，還拿出一副壓克力眼鏡，說，「哇，羅哥你髮質很硬，電推推過去噴上來射進我眼睛會很痛，你不介意我戴眼鏡吼？」

我笑。我說我當然不介意。

頭髮長得快，三週兩週就得找一次阿力。

原本扯的謊勢必得開始自我延伸——比如說，才從新竹採訪回來我說，明天又要下高雄。忙死。週末要去香港。怎麼這麼多地方好去？他說，拜訪客戶囉我說，他說你究竟是做甚麼？我說證券。我們寫的東西，給客戶看了，當作投資的判斷。這形容不算錯，但也不算真的對。我就是沒說出財經記者這四個字。他喀嚓喀嚓剪薄了我頭頂的瀏海，說，啊錢的事情證券的事情，我真的不懂啦，能夠去香港很好咧。羅哥，這我要跟你多多請教呢。

我說沒有沒有，就是混口飯吃。這是真的。

有些下午，我抓緊了沒採訪的時段來去找阿力剪頭髮。

阿力瞪大眼睛，怎麼有空下午來？

我說，公司福利好嘛，想要剪頭髮就任性請了半天的假。阿力說，啊，真好，是外商公司吧。我嗯了一下，沒肯定，也不否定，讓他的剪刀繼續在我頭上遊走。其實想要剪頭髮於是任性起來反正不用進辦公室，是真的，請假，外商，是假的。真真假假，假假真真，那時候我覺得，信口雌黃，人聚人散，並無所謂。

不過是剪個頭髮。阿力的剪刀喀嚓喀嚓從我耳際過去，從我頭頂過去，要我瞇起眼，讓他拿柔毛刷好拂去沾黏在我前額的髮屑。

他總說，像你這種頭髮長得快的人吼，我剪起來格外有成就感嘿。

當時他可能都沒想到我給他剪，喀嚓喀嚓，喀嚓喀嚓，四年多便這麼過去。

*

有幾次，阿力有些下午他下刀顯得猶豫，疲累，停頓。我問他，怎麼了？

阿力說沒事沒事，昨天睡得不夠。我又問，怎麼？

阿力說，在樂華夜市那邊跟人合資租了一個攤位，賣一些衣服之類的。我說你住哪啊？他說我是三重人啊，所以公館下班，去永和，三四點回去三重，中午一點又回來公館上班，還算順路啦。他笑。阿力戴著一副粗框眼鏡，笑容藏在底下，有些疲勞但閃著某種我沒有見識過的光芒。我說，也就是下班還兼做著點小生意囉？

阿力說，對啊，找了一個合夥人一起，兩人均分。可是吼，我跟你說，攤位其實也是貴得要命耶，這樣小小一塊一個月要三萬！如果下雨，哇，慘了，那個整晚上東西賣不出去也是有，就蹲在那裡，蹲一整個晚上，看夜市都收了想說，好了回家吧。

就這樣騎車回三重睡覺？然後再騎來公館上班？阿力說是。

不會太累嗎？

是啊。不然咧，唉呀，羅哥，你很可愛耶，投資的生意要做，日常生活的工作也要顧啊。阿力笑。

他說，你有沒有考慮過染頭髮？我說沒有。

我說，上班族嘛，其實不太適合染頭髮。這是實話。幾年下來，我處在資本主義的漩渦之中，扯謊也不打草稿地說自己上班，唉呀我們這行業，每個人都矜得要死，穿西裝西褲人模人樣但每天也不過就是盯著大盤風風火火的走勢上沖下洗……

剪髮到一半，誰回了電話，一看接了，嗨財務長是我啦，唉呀又來麻煩您真的很不好意思，是這樣的……

阿力只是聽。

等我講完電話，阿力淡淡地說，來羅哥，我們再洗一次頭。

*

做到了設計師，其實阿力大可以找助理幫我「汪一下」，可他，多數時候還是親自幫我洗頭。阿力的手勁總是催得很滿。洗髮精抹了滿頭，不只用指腹推拿，還兼了用指節屈起了當作按摩球。邊問，這樣的手勁可以嗎，應該不至於太輕吧。不論晨昏，早晚，有極少數幾次打電話去硬讓他在打烊前擠出時段，幫我剪頭髮，我想他肯定也是累了，洗髮的指掌勁道卻一絲不減。

如果有一排雙手的照片，要我指認哪雙手的主人會成功，我肯定能夠認出阿力的手來。

我說，再更用力我的頭就要被你「擼芭樂」擼破了。阿力就大笑。說，羅哥，你這麼聰明的頭腦沒有這麼容易被弄破的啦。

我笑說，這兩件事情沒有相關吧。

他倒是逕自講起來，當時跟PS7的區域經理，店長都出了些問題，他內心其實並不掛念合夥入股當店的機會，但因為資深，客人又頗都喜歡他——當然，給阿力剪過頭髮的誰不會被他的直率、誠懇，和一手好手藝給折服呢——經理店長大約是看他有些意見，常常找碴。我說那怎麼辦，阿力手上剪刀梳子還拿著雙肩就已聳了聳說，能怎麼辦，到時候可能就辭職吧。我說，你刀子還在手上，就去提辭呈，誰敢讓你不走。

阿力又嘿嘿一笑。話頭卻轉開了，說跟樂華夜市的合夥人鬧不愉快。沒意外是為了錢，賣女裝飾品也不知道究竟是不是自己懂的商品。雙方做得心煩意亂，頗有些摩擦，投進去的資本還沒回收，夜市的規則又多，生意實在不怎麼樣，兩人都不確定該不該做下去……猶豫了一會兒，說，可是我除了剪頭髮也不知道會做甚麼，如果辭職了，又放棄了這點生意，實在不知道可以幹嘛。

羅哥，我還是羨慕你們這些會讀書的人。你們好像都很知道自己的人生方向。

我怔了。沒回話。平常天馬行空的扯淡功力也不知道去了哪。當然我可以同他說，其實光會念書的人才可憐，每個家人親戚朋友都對你有甚麼期待，有的同學去念了醫學院，法律學院，接下來一輩子好像也就這樣了。成功嗎？成功。像我，整個新聞科班的求學過程都是為了逃避未來進入新聞行業，到了最後還是誤打誤撞當了記者，有份還行的工作，也可以是，一輩子的事。但我成功嗎？我不算失敗。但這是我要的嗎？

嘆了口氣，我跟阿力說，其實我不知道。

不是每個人都像你一樣知道自己要的是甚麼，阿力。

＊

阿力說，羅哥，給我你臉書，我要辭掉PS7的工作了。我說好，接下來怎麼打算？

阿力說我會先換到師大夜市那邊的店。做趴炭。然後一邊準備開自己的店。做趴炭時間比較自由，可以找店面，想裝潢，找員工。可能要這樣熬幾個月，阿力說，羅哥你有認識做房地產租賃的朋友嗎？我說這方面我幫不上忙，他說，沒關係，我再問問看。他說，你這次兩邊要剃出刻線嗎？

交叉，還是平行？

我說左右各一道剃痕好了。阿力說，好。

阿力說，羅哥，你們那個遊行是甚麼呀？看你臉書的照片好像很熱鬧耶。大家都裝扮得很認真耶，我說是啊，很多人都為了一年一度的同志遊行挖空心思裝扮咧。阿力說，哇，羅哥，我以前真的沒有想過說會有這麼多同志耶，我有一個表弟也是，我看他好像不是很開心，可是羅哥，你也是嗎？我說，阿力你覺得咧？我常常飛香港其實不是出差啦，是去找我男朋友。阿力說，啊，這樣喔，遠距離內。很辛苦喔。

我說對啊。遠距離啊。

又過了一陣子，阿力傳訊息來說，羅姐，我的店在永和要開了喔。

我說好喔恭喜啊在哪裡呀。

阿力說就在樂華錢櫃旁邊而已，二樓的店面啦，很容易找。阿力的店叫做「夢想髮藝，Dream Hair」。剛開始給阿力剪頭髮的時候我是個財經記者，現在還是。那些胡亂答應著的謊話對阿力我是不再說了。阿力的店面確實很容易找，就在樂華夜市入口邊上的二樓，第一次循著地址去，就見到阿力在展示著髮雕、保養品的架子上，也放了《嬰兒宇宙》、《偽博物誌》、《棄子圍城》。

我說，阿力啊。阿力。謝謝你。

*

接下來的每個十月，阿力還是用一樣勁道的雙手洗我的頭髮，說，羅姐，今天剪漂漂亮亮明天要去遊行喔。我說對啊。阿力說，欸羅姐，遊行是幾點開始啊，我覺得我也應該要去響應一下耶。

我說遊行兩點開始，可是你不是要顧店嗎？

阿力說，唉唷，一年一次的事情，我請別的設計師招呼一下就好啦。我來走一下，晚一點再回去店裡，同志好辛苦耶，要支持的啊。

好啊那就遊行見喔。

阿力後來就都叫我羅姐。

阿力當了老闆。請了幾個設計師，有的留下了，不認真的就辭退，幫我剪髮的時候說，羅姐最近壓力大吼，有點鬼剃頭喔。我說阿力你一年頭髮顏色要換幾次，他說，沒有啦。他說，羅姐現在還是有去健身房嗎？我說有啊，不然肚子愈來愈大，阿力就說，對呀你看我肚子超大的。又沒時間運動。也是沒辦法啊，你現在是老闆了，要照顧的人多了啊那也是沒辦法，有時候也不知道該怎麼跟員工溝通……

你還是有在抽菸嗎？唉唷怎麼可能不抽……隨後的事情繼續發生，樂華夜市生死未卜。但阿力的夢想髮藝在那裡，亮起招牌燈的地方，欸，阿力我今天上班好累，你幫我剪頭髮的時候我睡一下喔。阿力說好，那就剪跟之前一樣喔。

好喔。麻煩你了，阿力。

一九八八年生的阿力已經是老闆了唷。

頭上綁繃帶的男人

甫下計程車來到花蓮車頭前，那頭上纏著繃帶的男人望我走過來。「先生不好意思，」他口齒有些不清地問我。

終於換我遇到他了。那每一個他。

我抬起臉來，看進去他的眼睛，以及眼睛周圍的皺紋，讓他繼續說下去，等他。等著他說出一個數字。像那些我在每座城市每個火車站前聽聞不同朋友傳遞的故事版本，「我很想回桃園，但差了六十塊。你可以幫我嗎？」我知道我的口袋裡有六十元。我可以給他，畢竟那六十元就是在三十秒前計程車司機找給我的，一個五十元和一個十元的硬幣。我可以幫他。

我寧願相信五十歲左右的男人。能夠擁有心甘情願被騙的自由，其實也是一種幸福。但明明也知的——他就是他們，他是他們其中之一。他是每個火車站前的遊魂，欠缺著回家的路錢，若他們當真是要回家，回到工作的崗位，或者回去某個地方投靠他們的兒子或女兒。他們是車站前的地縛靈，同每一個這輩子再也不會見面的人，索討著無傷大雅的零錢。

許多人們會拒絕他們，許多人們不會。

我並沒有猶豫。雖然我知道他要去的地方或許並不是桃園。我伸手自口袋裡掏出零錢，一個五十元，一個五元。

錯了。這一切都是錯的。

但我並沒有多說什麼，還是將那五十五元放進他的掌心，看進去他的眼睛，同他說，這是我僅有的零錢了。我想他或許也就是五十五歲左右的年紀，也可能再年輕些。我多麼想跟他說，其實一分鐘前，就在我趕著同行的學弟妹們下車衝刺五分鐘後就要開的莒光號時，計程車司機錯拿了兩個硬幣當中的，其中一個。或許是蓄意的，或許不是。

我並不介意被騙，但那確實是我身上僅有的零錢。

他的額頭上纏著繃帶，繃帶底下滲出非常粗陋的優碘的痕跡。

他先看了看手中的五十五元，又看了看我，非常誠懇地說，「我剛從醫院出來。這個週末我回來花蓮，我姓劉，叫劉查朗。昨天晚上被他們打。他們喝醉酒了，我不知道他們是誰。但是我明天必須要回桃園去工作，我是幫人割草的。我是原住民，我媽媽是阿美族。我少了六十塊。我回不去桃園。」我聽著。沒有說話，其實我並沒有甚麼話好說，或許他正等我掏出我的皮夾，裡面有幾張一百塊，而我會抽出一張給他。

他緊緊將那五十五元攢進掌心。他的掌紋很粗，且亂，屬於做粗工的，無法辨清楚任何掌紋的手。也因此，我絕無可能看清他的命運。

他說，「這樣我還差五塊。我明天必須工作。」

或許他真的就是需要那六十元。

我遠遠負擔得起再給他一百元。而且我不會向他要求，「請把那五十五元還給我。」那樣，他就會有一百五十五元了，他可以搭莒光號或者區間快車在深夜或明天清晨前回到桃園，還可以先在前往月台的地下道前買個台鐵便當。但那同時，我腦海中也浮現出，一個頭上綁著繃帶的男人，行動迅捷地自一個揹著鮮黃色背包的台北青年手中奪走皮夾的畫面。

我多麼願意相信他。我願意相信每一個人，如同我相信計程車司機只是誤找了零仙。然而徹底的信任並不存在，徹底的懷疑，也是。

猶記得這類故事的另一種結局。正當那車站前的遊魂，反覆向不同的如織遊人兜售著同一類身世的變形與重寫，往來的人潮裡頭會有突然伸出的小刀，割破女人的手袋，男人的背包，隨機地取走裡頭的甚麼財物。有一瞬間，我對他微笑起來，想像那支並不存在——或者尚未出現的小刀——取走我背包裡的電腦。書本。資料夾。讓我一無所有。讓我再把皮夾安置在他的掌心，裡頭有三張百元鈔票，一張五百，一張一千。

我想讓他回家，然後換我假扮為火車站前的他們。哪怕只是一天也好。只是我畢竟沒再多說什麼。當他開始描述前一個夜晚如何在小吃攤被「他們」攻擊，我知道，他的故事已經乾了。而我也開始想著，在等待火車啟程回台北之前的兩個小時，該去花蓮哪條街上，隨意地吃點甚麼。

他想回家。而我只是餓了。

我笑了一笑，再次重複，真是很歹勢呢，這五十五塊，是我剩的零錢了。他說，好的，還是很多謝你啊。

當他自視線邊緣消失，我沒去留意他是否開始尋找另一個人，報出相同的價碼。六十元，可能多些，可能少一些。或者，他僅僅只是真的需要那差缺的五元。但我想，兩個小時後，當我從花蓮街上用過晚餐回到火車頭前，那頭上纏有繃帶的男人仍然會在那裡，遊魂般飄移。他哪裡也不會去。他哪裡也去不成的。

而屆時，我才是那個正要回家的人。

那個我認識的營運長

會考爭議延燒，兒子就讀中正國中的劉媽媽難過表示，為了怕落榜，她幫孩子填成功高中，沒上建中，「自己虧欠兒子一輩子」。另一則網路文章裡頭，有個家長把男孩的柯博文模型往樓下丟，並接著對網友說，「我兒子是要拚建中的不是在這邊玩玩具。上附中很讓我們失望同時也對制度失望，我以後也不會讓他出現在跟這些東西有關的網站或留言，要讓他先準備特招別再浪費我們兩個老人的錢了。」

我彷彿聽到一個甚麼理當很年輕，對未來充滿憧憬的東西被「啪」的折斷的聲音。是靈魂，是希望，或者其他。

我對現行的升學制度——即使我極不喜歡「升」這個字所隱喻的，只要好好讀書就能往上爬就能階級流動，考上第一志願就可成為人中之龍鳳中之鳳的糖衣毒藥——認識不深。我也不是在第一線教育現場服務的人，並不十分確知當前家長的焦慮究竟從何而來又能夠怎麼解決。但那些滿溢出來的家長的恐慌與其反映的好學校等於好工作等於高薪等於成功人生的荒謬價值觀，讓我想到一個我認識的人，是他，讓我確知怪獸家長絕對不是今天才有。

他求學一路上都在好學校，建中，台大，在美國取得博士學位。他就業以來始終在跨國公司工作，現在則主理一間年營收超過千億的企業營運與策略的擘畫。他當然是個無論用怎樣的標準來看都足夠「成功」的人。

但他說，小時候，他的母親每天與人介紹她兒子多聰明、她女兒多漂亮，但當他拿個九十九分回去，他母親便打他。他說，我考的是第一名，但我媽不管我第一名，第二名，只要我考九十九分她就要打我。小學時，爸爸要我這樣介紹自己，我是某某某，將來要進大同中學、建中、臺大，要留學拿博士。三十歲時，我拿了博士，有一天我問自己拿博士幹甚麼——有何意義？他說，我做研發我開發出很多的專利。後來做行銷做業務，他三年內把區域分公司的營收做到翻三倍。

他說當自己在場的時候母親總對同事說，「我兒子很笨。」但當他不在場，她就說她的兒子有多聰明。

他說，「台灣教育是個極端矛盾的教育。」

時常我見到他。他總是教訓著記者，你們不要目光這麼短淺，你們要看遠，要問有遠見的問題。在他隱然的傲慢底下我感覺他時常感覺自己不被關愛。我想到那個柯博文被扔到樓下的國三男孩，那個考上附中被爸媽說是「很失望」的男孩。我認識的那個營運長，每當他出席公開活動我感覺他期待每一個我們對他好奇。對他提問。可是我們沒有。他說，有時候他必須要想像自己很高，很大，才不會被人看扁，才能發揮無限的自己的能力。但我感覺他只是不感覺自己被愛。

我每次見到他，都很想在他的黃色笑話之後問他，你真的快樂嗎？

想起他的母親我又想起艾倫・狄波頓說，每一個追求名氣與聲望的人時常具備了共同的不被撫慰與在適當時刻被人所愛的缺憾。而要解決這個問題，最終必須要讓每一個人每一個童年每一條為人所選擇的道路每一間學校每一種職業，都為人所重，為人所尊，且我們每個人都能在彼此匱乏的時候，給予適切的愛。

我想起那個「擔心小孩沒學校念而幫他填了成功高中，為此感覺虧欠小孩一輩子」的媽媽，確實說對一件事了：她虧欠自己的兒子一輩子，不是因為她幫他填了成功，而是她讓他認為——沒上建中你一輩子就完了。那些希望小孩擊敗每一個對手前進建中的父母啊，朋友說，「買個玩具餵個飯，小孩就得當超人給他們看。」啊，我真想問問他們：除了把小孩丟給學校，付錢讓小孩補習，逼迫他們從早上七點到晚上十點在衝刺班念書準備「特招」之外，他們對於教導自己的小孩究竟付出了甚麼。

像那個我所認識的營運長。和他那現在想已年邁的母親。

幸好他上了建中，台大，拿了美國的博士。幸好他進入跨國的企業成為了營運長但然後呢？但當年那些其他的和他競爭的男孩們呢？他們去哪裡了，他們的人生就毀壞了就一敗塗地了就成為垃圾與廢物了嗎事情不是這樣不該是這樣的。這樣的家長──會不會正好是「教育」無法令我們每個人都成為我們自己的根本理由？

我想問問我所認識的那個營運長，這每一天，你快樂嗎？

或許三十年後，我更想問的是，那些現在正被制度與家長擠壓逼迫的男孩女孩們，現在的你好嗎。過去的你好嗎，你會為了曾把某個選擇權交給自己的爸媽後悔嗎，你是否曾有些時刻，也懷疑過，當自己攀往那天空的木屋，是不是曾經被別人做下了一個不那麼美好的決定。

當你回想起那個梅雨的初夏，以及其後的每一天。

你快樂嗎？

後來，他們都死了

「那些人後來有到達他們想去的地方嗎？」

「應該沒有吧。他們都死了。」

張作驥的《醉・生夢死》非常動人，非常感傷。每個角色都在不斷飲酒不斷抽菸，彷彿明天就是世界末日。但他們每一個又何嘗不是在所有今天真真切切地活著，愛著。直到生命毀壞的那一天才知道，其實它早在某個時候就已經不對了，而我們對此其實無能為力，他們也是。

一個俗仔弟弟，一個同志哥哥。表姊，以及她養的小白臉。一個母親，酗酒的母親，和一個美麗的啞巴女孩。他們帶著各自的記憶各自過去，交會在公館河濱寶藏巖的破落住所。

於是一切開始緩慢地崩壞，像生活。巨大的斜坡當我們站在斜坡之頂，放掉煞車。底下是川流的新店溪，或者愛的深淵，其實並無所謂。生活它的本身，我們誰不是背負著所有傷害，所有愛的希望與絕望，方能夠成為今天的自己，而我們在生活的角落在市場口在飲宴的酒家在歡場的舞樂之中，又有誰不是尋尋覓覓冷冷清清，希望找到解答。

找到我們想要抵達的去向。

彷彿一切都會變好，沒有甚麼是註定毀壞的，有時我們感覺安慰，有時感覺失望。更多的有時，世界不過一場廣袤的譫妄。

演員尚禾說，整部電影最難的地方是要把自己放進角色去，反而在拍攝的時候，一切就自然地發生了。這部電影其實難以定義，它不屬於我們習於命名的那些——它只是彷彿一切業已註定得無可避免那樣，訴說意圖挽救的意志，生的掙扎，愛的迷惘。所有事物在正確的地方，都通往短暫的快樂，幸福的傷悲，絕望的喜悅，它們不斷加速，以致碰撞，以致毀滅。

於是電影的最後，碩哥的背影穿入光線暗微的小巷，他抬頭，看了看頭頂的蜘蛛網，然後推開門，走入明晃晃的白天。

那些人，後來有到達他們想去的地方嗎？

「應該沒有吧，他們都死了。」

我很少在電影院裡哭泣。不過當那個問題迴盪在心底我流下了眼淚。我不知道他們去了哪裡。我甚至不知道自己想要去哪裡。

祝福每一個知道自己去處的人。

醬

醬醬，這天台北下雨了。空氣悶了幾天終於滂沱，一場雨從城市南方往北邊落過去。我想，這雨啊，想來肯定是從我們都熟悉的，政大那多雲霧多雨的山坳開始下起的吧。而這樣挺好的。雨下起來，我在傘底下就不用多說些甚麼。

我說不出話來。那天晚上著急地撥了幾通電話給你，可你沒接。

其實，接通了又能說甚麼呢。你會一如往常說，「姊。」而我該答什麼呢，

「這位水水請你不要嚇姊姊。」或許吧。

你高中時我們就認識了。在那些記憶缺頁的地方，還不熟稔之時，你說幾次寫信問我學業、科系的問題，我總是非常有禮詳細地回了你的信。我說，有嗎。其實我早已忘卻。我們所能夠記得的事情總是如此稀少，除卻訊息紀錄，以及生活令我們暈眩的時刻。後來，對你的愈發熟悉，是留意到你的書寫。你詩歌裡充滿青春的能耐，細緻的刻花，纖細而易於傷害。醬醬，看著你我不斷想起自己的青春期。

於是你進了政大變成我的學弟，也顯得順理成章。幾年下來，你出落得愈發大方，聰明，幽默，帥氣。我總是看著你，心想咱們政治女大每屆都要有妖姬一脈單傳的傳統啊，這棒子就交到你手上了，你會做得很好。當然，你有著一走出來便hold住全場的氣勢，怎麼能不。你總說自己老起來放的一張臉，嘲弄著自己被誤認為博士生的長相，還是日日有了你應該有的年紀。時間過去，醬醬，你只是慢慢不再書寫。

我問你，為何不。你說，覺得不再有甚麼好寫。我沒再說甚麼。

我曾被書寫所拯救。因為我看著你就像看著以前的自己。這時窗外依然崩落著巨大的雨水，想起某年朋友的生日會前夕，我拿著單眼相機，拍下你吃御飯糰的側臉。你說，姊，那張照片大概是最符合我年紀的奇蹟美照。我說，是啊。

你手持御飯糰，那麼像是個孩子。其實，你真真切切地只是個孩子。

你逐漸成長，茁壯，我們一起在歧途上徘徊，盪到彼岸，再回返此岸。只是你不再回來。這兩天，我不斷想，如果電話有接通的話。我不斷想，如果，你也和我一樣被書寫所療癒的話。想了一會兒，不再想了，那畢竟是我的自私。成長若是一連串的痛苦，我都理解那一切生活的磨損，感情的消耗。我也看過失眠的黑洞，憂鬱的深淵，你做了選擇，也不必再探問理由。

但一切又何嘗能夠如此順理成章呢。

姊姊們看著你，就像看著以前的自己。你和我們一起在PTT上戰爆少女，酒酣耳熱時躁動地說著好想打炮，我們便笑。我們一起上街遊行，為理想而吶喊，世界改變，或許世界尚未改變。又後來的日子，你進入職場，我們又一起被體制束縛，加班到凌晨，我說，不開心就別做了。你說，那是你很想要的工作。你描繪著，五年八年後，撐過去了，或許就是你的了。

你講又遇到幾個誰誰誰，好喜歡，雙魚少女心大爆發。我們也跟著你起落。只是有些事情，你把心事放在不同的房間，從來不說。

我來不及聽，雨便來了。

就讓大雨洗去這一切。醬醬，你好好睡一會兒，再過幾年，或許長些時間，姊姊們就去那裡找你了。

你不只是想寫

你也不只是想寫。光是想寫的時候生活像黏膩的淤泥，無光的水底虱目魚在上頭巡游，落下糞便生活是一坨糜爛的日子不斷累積。

如果寫，能領你稍微看得更清楚一些也便度完了一生，自然很好。但不可能。寫不能讓一個黑暗的孩子見到光，不能讓瞎眼的人復明，讓喑啞的說話讓聾人見聞樂音。是以你不只想寫。你也祈禱。祈禱有一個慈愛的神，讓你活下去活過紅燈的路口一輛車駛過了一隻流浪的犬，當你別過臉去你會看清自己的本性。時間見諸命運，四面精靈，八面神祇，不會讓你過得更好，但看見艱難的生活看見意志，哲學，時間讓你寬慰也將你剝削。

寫的時候這裡沒有不滅的燈火。弈一盤棋局勝敗已寫定在你的名字，窗格之外守候自由，以及墜落。花蕊是時間，蜜是窖房，穿過信念的疆界都要你遺忘了。

時間是獄卒，守著你守著你和他共有的罪行，他是監獄困住你，困住你不是你自己。

你不只是想寫。

昨夜的書信住得離你很遠。你想自己變成了其他的人，爐子上熱著黑色的煤油等你去喝它，行經圍籬懸垂的花藤，尋找一個被門把包藏的鎖孔甚麼你都想打開。在屋裡等待電話接通，在屋裡，等待另一個男人在屋外站著，看到昆蟲與風一同吹進了天井。沒有東西落在你頭上，也沒有甚麼東西將巷口的夕陽遮蔽。像黑冠麻鷺不過掘起了蚯蚓，曾經活的死了，死了也就繼續死著，活是一種命運，曾經你以為生活與歷史同樣沉重同等嚴厲，但愛過了也不需要再說難，不必再辯證，不必有甚麼藉口，他者的意志。

可是生活。生活哪有那麼複雜，你不必寫它也很快就過。像你不需要寫他。

日子是從報紙上讀出些舊年分的祕密，當新通車的軌道劃分樹蔭和島嶼，劃分盆景浴缸鑰匙，你沒有遲歸的藉口。來不及踱過的路，自然也不需要走避的理由。靜聽窗外風聲吹起是殘酷的玩笑，寫下一個字，兩個字。

筆尖沙沙，地獄的白噪音。

也很好。

不寫的時候終於明白他就是你四季的憂鬱。窗外的天空你不寫的時候成為一架航空器，歪歪斜斜地撞進大樓。再不可能完好。靜午的小時刻你寫。日的港邊你寫。冷冽的冬季你寫，或者不寫。寫他的吻，或者不吻。

為何不讓腐爛的腐爛，讓發芽的發芽，讓跑的繼續跑但靜止的繼續靜止，讓心中那幢大樓坍陷，選定別的位址再將它立成行走的碑文。

星辰沿著床緣滴落，所有聲音都止息了你這麼暗了下來。暗了下來不說不問不聽不言語。他關上門，你關上門。你關上門讓關上的關上，讓打開的繼續打開，讓發霉的繼續發霉讓明天還是明天。讓明天還是明天。明天很好明天是明天。但不是。不是這樣。可能不是一樣的也可能是，他讓謊言還是謊言，讓這裡的人還在這裡，讓關上的打開讓打開的關上，世界再來一次。

你寫下他有他的生活。他不是你的甚麼人，你不只是真的想寫。

終歸是一個殘酷的狩獵者暗暗滅滅地走過了你的命運。於是便也無所差別。此夜依舊深靜，依舊晶瑩。星塵滴落如碎瓷，時光經緯都斷裂，只要你不把它們寫下這生活就會繼續，彷彿這夢未曾開始也就無從結束。

當人們早起盤整衣裝出門
都在鐘樓底下掏開褲頭恍惚地小便
「是您的鞋嗎」
對此我由衷地感到抱歉

輯三

我城

當我們被城市擁有

「若我們擁有城市，我們將在它裡頭找到所有能夠實現我們的事物。但當我們被城市擁有了，我們將只會是被它占領，宰制，並吞噬的所有物。」那個跨年夜，ㄐ對你說。

一年將始，一年將盡。那夜，人群如毛毯密織，鋪滿每條街，馬路輸送人群，每條巷弄都是微血管，將人們塞進每個能夠見到摩天大樓的縫隙。有許多人，在業已封閉管制的馬路上躺下，合照，發出尖銳的笑聲。當人們抬起頭來為倒數結束，新年伊始的摩天大樓煙花拍手歡呼，你把臉轉向另外一個方向，那是孵化著大巨蛋的工地，鋼梁在深邃的夜空中伸出爪子，你知道那裡曾經有樹，有磚造的歷史，但現在沒有了。

就像後來，你也沒再見到ㄐ幾次。

但往後的時間，ㄐ那句話的影子，像是每一個生活在台北的人，出沒在不再營業的搖滾酒吧，鬼魅般流連於外賣的小吃攤與果汁推車。也被淹沒在城市街角不斷出現的連鎖咖啡店，精品店，百貨公司和購物中心。你親吻城市，親吻正在台北發生的一場又一場經濟利益之爭那塑造城市之所以為城市的手，親吻其他人的聳肩與不置可否。親吻水堤外那看不到的河岸。只是，那天晚上你並沒有親吻ㄐ。

台北早先為原住民所開墾，而當代城區的雛形，則始自清治時期以淡水河岸商貿需求為首的艋舺與大稻埕兩處聚落，以及府城城中一帶的「三市街」。

時移事往，城市過往曾為人所用，卻彷彿回過頭來吞沒了人群。台北並未隨著淡水河淤淺而與艋舺大稻埕一同風塵落盡，而是從三市街發展的西區，到切開了昔日台北工專操場的忠孝東路東延段開通，台北市街軸線自西往東行，再到墾荒般弭平農田，平地起高樓的信義計畫區。大城市忙著抹除粗糙的紅磚灰泥史，更替以玻璃帷幕的廣廈高樓，公寓沒有最昂貴最高級，只有更昂貴與更高級，驅逐攤商的師大夜市為房產資本所用，而南京東路的A級商辦區，宏偉的大樓逐一鯨吞取代了矮小而老舊的房屋。你想，河中央那種植著神農百草的浮島，曾如何餵養了艋舺的草藥街，只是那浮島若有天扎了根，也必然會成為房產開發商覬覦的對象吧。

ㄐ曾說，城市本來就沒有甚麼純正的模樣。一切都是人活著的痕跡。ㄐ說，如何定義城市，則是權力的運作。ㄐ是愛你的嗎，你並不知道。你什麼都不知道。

你原本不太明白。但後來你逐漸懂了。城市不斷轉手，易主，城市成為資本的總和，並失去原本為人所用的根柢。城市占領你像是有辦法支付更高租金的團體就能成為話語權的掌控者。比利時鬆餅店和風格咖啡館驅逐了大學周邊的美術社，畫廊，與文具店。接著便利商店和韓流服飾店取代了下午兩點營業，店主人總是站在吧檯裡對夜貓子說早安的咖啡館。你想這城市益發明亮，安全，乾淨，而可預期，也想起西門紅樓之所以發展成同志露天酒吧區，無非是因為那市場的鄰固建築原本無人聞問。

城市總是承諾你可以穿行在不同的巷弄之間進行著你沒有風險的冒險。你戴著草帽化上平日不會化的妝，原本粗礪的城市角落也因為多了一間星巴克而讓你覺得更加安全。然而ㄐ說，這是正確的嗎。

當ㄐ擁抱你想那會是正確的嗎。

位居於老城區的五金店和鞋匠攤終於抵禦不住高升的店租誘引，關了門。取而代之的是電信商明亮的鋪面。珠寶店。終於有一天，你誤將自己反鎖在門外的時候，鎖匠必須遠從城市另一端奔走而來，只因你所居住的社區終於不再有鑰匙店，印章鋪，連機車行都不再存在。因為城市的公眾運輸也暗示著你一切都將被收編，被縉紳化，城市的居民終於將因信任城市的治安，而放棄鐵窗，商圈的招牌被要求以單一規格設計，洗衣店轟隆隆的機器運轉聲響不再是你失眠時的安魂曲，也不再有甚麼「存一千，洗一千二」的布條懸掛在那終日旗幟般飛揚的洗衣店前方。

DVD取代了錄影帶。然後網路下載與串流服務取代了DVD。那間DVD出租店終於只賣彩券，而別無其他。城市正在成為你所不認識的模樣。它擁有你，擁有你們。連那時你和ㄐ擁抱的，隱身三層樓公寓裡的運動酒吧，也將不復存在。一切存在過，然後內爆。然後崩解。

新投資是對的。新移民也是對的。只有城市的舊住民顯得不合時宜，他們在大龍峒，大稻埕。在艋舺龍山寺，在北投的女巫那卡西。那時南港，北投，士林還不屬於台北市，那時你還不是你而他們還不是他們。

你想起近年來喊得震天價響的文創施政。

但彷彿這座城市信仰資本的症候已經太過嚴重。城市講究老空間活化，比如說你有了台北剝皮寮、有了台北華山，南部則有高雄的駁二，表面上成果斐然。然而，在松山菸廠園區的重整案，找來的卻是日本建築師伊東豊雄設計「文創園區」新大樓，一方面再次請誠品集團跨刀，你總想，台灣沒建築人才了嗎？除了誠品，沒有別人有資金與想法了嗎？背後的問題可能是——硬體除了商場形式，你的同胞們是否想不出更有「創意」的、與老建築共生的方式了？你想起ㄐ。想起他的天馬行空。另一廂，口頭上喊著與老建築共生，基隆市政府仍決議要把具有八十年歷史的港西碼頭二號與三號倉庫拆除，拆除後釋出的空地，預計將改建成港務大樓、商旅客運專用區。自然每座城市每個國家都需要發展，但不論大小國度，都努力在拆除之前不斷自問：是否能有辦法，在保存舊建築的同時，創造新的？

拆，自然是便宜的，經濟的，更有快速的發展效益，然而，如果每次都選擇一條簡單的路去走，懶得思考另一條可能不那麼輕鬆的路——文化如何文化，創意，又該如何創意？

文化在你的腳下。文化是巨大的燈光秀。長久以來定義城市街坊的小吃店，機車行，與雜貨店，破碎，崩解，讓位給更有能力支付租金的行業。而新造的住宅大樓也不再有騎樓亭仔腳，不再容許人們在一場夏季的西北雨之中從容等待。

有些地方寬容而新潮，時髦而隨興。只是城市當中仍有一些地址十分破舊。你想起ㄐ在你心底留下的那塊遺跡。

再也沒有一杯十元的泡沫紅茶。沒有老婦人從冰櫃裡用一只塑膠杯舀起的青草茶。當公園的板凳被焊上了縱向的鐵條，也不會再有白天舉著房產立牌的街友，在那裡歇息。這些都已經沒有了，看似深植於城市街坊的住民，正在逐漸消失。白領階級男女關注購物。那並沒有錯。城市的歷史鬆動了以輕工業與貿易為主軸的城市街坊，並鬆動了對城市居民生活方式的掌控。消費活動主宰了空間的流變。引進新品味。消費，以及更多的消費。這些並沒有錯。

錯的是，在人潮爆炸性成長之下，嗅得商機的投資者，開始複製原先成功的商業模式，精緻餐館、各式冰店、手工皮件、電信公司、高級織染店等等具備較高收益與付租能力的商業，開始取代原本零星散落在社區裡的小吃店、銀樓。成功的商業模式向來就會引發它的「模仿者」前來，並進一步拉高地區租金，而此情況繼續演變，終點將是不再具有「特色」的齊一的街景，街區不再引人，而最終，商業模式的統一，則成為抹滅台北街區原本自身風格的殺手。

城市空間的相互競爭，本來源於對於功利性使用的追逐。ㄐ說。你很想接著問，那麼你與另一個他的競爭呢。你沒有問。就像你跟ㄐ其實並沒有親吻。

是街區諸般有趣的面向，構築了它在商業上的成功，是多元化的使用讓街區有了引人的風景，長期的流變絕非少數一、兩種生意所能單獨達成。

諷刺的是，隨著商業發展，種種用途中獲利能力較高的那些，已反過來對其他形式的商業活動產生壓制與排擠，並展開了商業上——攬客與租金承擔能力——的淘汰賽。在以零售與餐飲為主軸的街道空間中，由於土地供給有限，節節高升的地租將使得少數的用途勝出，可這種勝利無疑是缺乏意義的，只因它破壞了街區原有的多元樣貌，最終將導致街區不再有趣，不再引人。原本多采多姿的街景將漸趨單調，貧瘠，空白，甚至進一步通往街區的死亡。

事實上，台北已經有許多區域，處處散落著街區風景單一化所帶來的，厄運的遺跡。

比如天母商圈，原先以歐美文化為基底的發展模式帶來人潮，也帶來大型商城進駐，地租不斷上漲，帶有異國風味的小店便無以為繼，新光三越、SOGO百貨、連鎖影城接連落腳，卻讓商圈喪失了原有的特色，人們不再以天母為「有趣」之地，商圈無可避免地沒落。又比如，公館的新生南路、汀州路與溫州街廓，過去有不少消費低廉的小餐廳，一路供養著學生的夜歸與社團活動，可近幾年來，店租高飈，連鎖店愈開愈多，壓縮了「低附加價值」的餐館生存空間，僅剩為數不少的運動用品店還在兜售著空洞的活力。

你反覆拔著下頷的鬍髭，無法辨清來路與去向，高樓的窗玻璃上總是經年累月積著塵埃，而夕陽讓塵埃看起來更像是雨滴。

像眼淚，或者其他。你不明白，感覺自己不斷瓦解，沒有人在車站跳舞的城市，也沒有人在教堂祝禱。沒有人離鄉背井，也沒有母親離開自己的孩子去另一個島嶼撫養別人的孩子。沒有處女遠嫁的世界，沒有眾人在火車站說自己的語言等待別人來將他們傾軋。沒有男孩會再穿上女孩的裙子，沒有陌生男人在公廁裡解開他的拉鍊，沒有黑暗的城市容不下你。他們驅逐，清掃，消毒，拿水柱沖洗所有這些，讓一切都顯得健康而善良。他們全都是乾淨的相同的理由也不再和以前一樣，如一個你說了會先讓自己笑出來的笑話。明天你們討論城市。

你知道空間就是權力讓他們定義他們讓他們定義每一個你給你每一種名字。有人在省道邊舉起搭便車的牌子，遇到良善的居民；有人在省道邊舉起搭便車的牌子，引來了警察與神明。在每一個你該出現的地方，在你不該出現的地方。你屬於這裡又不屬於這裡。有一天你和ㄐ討論公平，討論，愛是恆久忍耐又有恩慈，但不要麻煩別人。不要困擾別人，不要阻擋火車站的動線你應該不要休假，要繼續工作要為別人創造更高的產值。

ㄐ說，當城市擁有我們。

街區是這樣，它們總是生成了，繁榮了，又枯萎了。它們總是在金錢來去間，被人潮的錯落繪出命運的交叉點。

你知道城市中有樓房、街道和公園等基礎建設。但沒有你，不再有你。即使你想念ㄐ，未來的某一天，城市裡也將不再有你們。

三個女子的早晨

七點十九分，鬧鐘響起，唱的歌是同一首，每個早晨的旋律，她翻個身，按掉了鬧鐘。七點二十一分，鬧鐘換了一首歌，再次掀起嘈鬧的空氣，城市依舊安靜，她半爬起，她知道，再不起身，便要遲了。牆是灰的天空，天空有冰藍的顏色，一天是一天，一個早晨，是每一個早晨。她偏愛奇數的時間。

七點三十分，她刷牙。洗臉。戴上隱形眼鏡。冰箱裡有半瓶牛奶，生菜番茄與土司，起司片。她還在睡，她還在睡。

她們上回見面，在深冬的夜晚，那是跨年夜。群眾如蟻群般川流交換著酒精，笑聲，與費洛蒙，流動在城市的所有幹道街路與巷弄，她們看著每一個人，或許是個女孩在頭頂戴著小惡魔的ＬＥＤ頭飾，閃閃發光，又或者是穿羽絨外套的青年與朋友傳遞著威士忌的小玻璃瓶，在業已封閉的管制區的馬路上，人們擺出大字形的姿勢，歡笑，合照，彷彿終於有一些片刻，這些馬路屬於他們。她們並不那麼做。她們只是準備好了，相約飽食，幾道菜，有蛋，有魚，有肉，幾瓶酒，吃完了，逆流而走，節慶的前夕。

二十二點二十九分，她們在路邊坐下，對街有服飾店的牌招，招徠著二十四小時的人群。她打了一個呵欠，她說，怎麼回事，她說這天起得有些太早，九點半就起床了。她笑。

她也笑。

她們上回見面那個晚上。二十三點五十一分，整座城市沸騰起來，空氣中的音樂突然放大，時間馬表般流過，三分鐘，兩分鐘，一分鐘。二十三點五十九分，全城爆出璀璨的焰火，她們相視，舉起酒瓶，舉起菸，相互道賀，不知是為了甚麼而慶賀，為了一天的結束或者是，一年之初，一年之始，零點一分。幾個人跳過那條線，一座城市，踩過一條線，一切有甚麼不同，或者沒有。她說，又是新的一年，接下來的都是生活。時間如逝，光陰如水銀滴落在每個人的中間，她將菸蒂收進隨身的小包，她飲畢了酒瓶中的最後一滴酒，零點十五分，她們說，走吧。

走進她們的中間那每一個相左的肩膀，在同一座城市，三個人三個朋友，零點四十三分，終於脫離人群，新年這麼開始了。她又打了一個呵欠。她也是。路邊的花台，有馬櫻丹，有雜草。有一棵樹，深夜的巷弄裡，一個男人正隨地便溺。更多人將瓶罐隨意放在垃圾桶的左近，她們走過。並且互道晚安。

七點三十二分，每一個屬於如此夜晚的之後的早晨，其實都是相同的早晨，一天是每一天，一個早晨，也都是每一個早晨。

她還在睡。她也在睡。

七點四十五分，她出門。她搭上捷運的時候門牙與犬齒間卡著土司軟膩的麵團。她舔了舔牙齒，吞嚥口水，不確定自己吞下了甚麼，車廂內流動的空氣，像時間，不像時間確實能夠帶走的論辯，笑聲，和雨水。這天是沒有雨的，八點十三分，她走進辦公室，確認美國股市的走勢，翻看報紙，確認每一則頭條，和應該做大卻被做小的新聞，她還沒有喝今天的第一杯咖啡。投資人躊躇，美股漲跌互見。她也是。

並不知道如何開始的這天，八點三十九分，她還在睡。她也是。她翻開自己的通訊錄想要確認一個細節，拿起電話，然後放下，太早了，她想，她並不知道自己是城市裡比較早起的那種人，或者比較晚的。晴空蓋著某種輕薄的煙霧，已經看不見金星的天空裡，太陽傾斜著，標誌出冬季的方位，八點四十七分，同事同她說，還是醒不過來的早晨，島嶼南方一則污水的新聞，高高拿起，輕輕放下，捉小放大，世界正以怎樣的道理持續運作。

九點零七分，她翻了個身。九點零九分，她些微地睜開了眼睛，只有極少數的早晨她會在這時間醒過來，而這是眾多的，其中之一的早晨，她還在睡。

九點十一分，她想，可以了。她對自己說。總是缺乏勇氣的她開始撥打今天的第一通電話在接通之前必須稍微清了清喉嚨。她在電話這頭假裝非常清醒有禮的樣子，她說，早安。

對方說，早安。

九點十七分，她掛掉電話，並沒能從那些搪塞的語言當中揪出充分的線頭。

九點十八分，她再次拿起電話。

她的手機響起，是鬧鐘，而非一通她不會接起的電話。她按掉它。

她並不明白自己何以會設定了九點二十七分的鬧鐘，好比，她偏愛那些奇數的時間，而非偶數。分鐘像是一個個寓言，每一分鐘都更接近終點一些，像奇數，突出於生活的軌道，偶數則令她們更加陷落。她把右手塞進枕頭底下，想再多睡一會兒。前夜的惡夢則讓她覺得，已經沒辦法了。她不確定，

九點三十三分，她爬起來，她還在睡。她打開一個空白檔案展開這天的工作，用三通電話開始一個早晨讓她覺得，已經可以。

有些貧瘠的生活，有些豐沛。有些，則讓有些人感覺困惑。

九點四十一分，她刷牙。洗臉。扭開收音機，預熱麵包爐，煮一壺水，接下來的選擇是，今天早晨要的是咖啡，或者紅茶。果醬或奶油。她們多麼像彼

此，她打一個呵欠她說，僅有極少數的早晨她會在這個時間醒過來，而她並不是。

早晨的音樂，從何處來，往何處去。辦公室裡如火燒起的打字的聲響，抑或是巷弄裡的犬吠聲，九點四十七分，她打開送件系統，複製文件，並且貼上。她選擇報告書的代碼，點選產業，一隻蒼蠅不知何時來到辦公室，停在她的螢幕左上方，她揮去牠，揮之不去的又是一場昨夜的夢魘。她夢見甚麼呢，她不確定。她在餐包上塗抹果醬，切開柳丁，開始吃早餐。她的早餐早已吃完，牙縫間的麵包屑也都已經洗去，螢幕發著熒白的光線，她眨一眨眼。

九點五十九分，她還在睡。陽光終於攀過她的窗台，灑過窗前的帷幕。她剝開柳丁的果肉與果皮，手指蘸上了橘皮油的香氣。

她又再打了一通電話。電話並未接通。

她嘗試另外一個號碼她想若再沒能接通她即將需要一杯咖啡。她繼續吃著早餐。

十點零三分，她翻了個身。

美股咳嗽於是今日的早盤股市震盪走低。並不需要其他的理由，她說，電話那頭，那人敷衍著的聲音她都聽出。新的一年，人民幣預期會貶值超過五個百分點。或許高達十個百分點。也都很好，十點十四分，她決定練一練琴彈那些少碰的曲子慶賀九點半起床的某一個少數的早晨，而那是值得慶賀的事情嗎，她感到有些快樂，多出來的時間，無須借貸，也無須挪移，她已經吃完她的早餐。

她又再掛上了電話。決定去沖泡一杯咖啡。在那之前，她還想再多說一些甚麼，但電話已經掛斷。話筒裡嗡嗚著低頻的聲響。她還在睡。

她已經吃完她的早餐她往琴房走。

十點三十五分，她們終於都醒過來了。生活沒有奇蹟，可能也不需要，冬日的太陽無非是暖和的，空氣的包覆卻更帶有些許的涼意。她再伸了一個懶腰，尚未確定，是否該跨出床鋪與被窩的包圍。她已收緊領口，翻開琴蓋，想著，冬天適合怎樣的音樂，如何的練習。她端著咖啡回到辦公桌上，拉開抽屜，那裡有一瓶舒潤眼藥水，望向大樓外頭晴藍的天空，心想，要怎麼打下一通電話，又該對這樣的天氣多說些甚麼。

十點三十六分，她們都醒著。

十點三十七分冬日的太陽，在城市南方的天空，仍然繼續往大南方攀升。

這樣的生活，像這樣的早晨，她們還沒能決定這會是怎樣的，新的一年。她們上回見面，在深冬的夜晚，而冬季的白晝，乾淨，涼冷，帶著生活的渣滓。

她們在每個早晨如同每一個早晨，在每一天的開始之處，航向每一年的結束。

生活是一整落的過期雜誌
美，但凌亂
是我所不及拾揀
時間拍撣不盡的顆粒

輯四

我執

正直的人

你是個好人。世界上恐怕再難找到比你更正直的人。你從未在酒吧找事，走在路上，不曾去踢路人丟棄的鋁罐。更不像那些穿制服的青少年，總是興味盎然地將每一個途經的菸盒踩扁。

他們都說你是個好人，你則盡量讓自己看起來是那個樣子。比如說，你總是彎下腰，撿起被人隨意棄置的紙屑，瓶罐，垃圾袋，將它們放進距離最近的路口，那孤獨兀立的垃圾桶。垃圾桶總是在那裡的。像你並不漏回每一封遲晚的電子郵件，朋友抱怨的電話，陌生人的即時訊息。有時你覺得自己不過就是一只垃圾桶，安安靜靜，當人們需要你都在：不同的是，從來沒有誰是你的清潔隊員，在傍晚六點半將你清空。你就這麼一路累積了吞食了下來。

而這麼做並不會讓你成為一個更好的人——你已經無法更好了。你對自己說。可你喝完酒的隔天依然會宿醉，聞起來像是一罐泡了三年臭襪子的伏特加。你並不為了酒吧裡的女人感到迷眩，即使她們擦的指甲油顏色有黑有綠有金色，你總是喝完了自己杯底的最後一滴酒就離開。睡前則稍微想像，自己腳上也有一雙鑲鑽的高跟鞋。

只是你睡著的時候，總是裸著雙腳。你想自己是個好人。

有時你想做些看起來與眾不同的事情。只是你也不曾真的想。真的想的時候，也真的不知道甚麼叫做「與眾不同」。你想到刺青。在身體某處留下墨漬，卻啞啞無法告訴刺青師傅你想要怎樣的圖騰，於是你在三十分鐘後被請出了門。又再隔天，起床出門時，發現自己的鞋子裡有隻死去的蟬，你一度想，或許刺一隻蟬，又驚覺蟬之短暫和刺青的恆常，顯得諷刺。便就只是想想，況且你也怕痛。

害怕刺青跟害怕被世界傷害，哪個想法比較天真，其實你不知道。也沒必要知道。

你真的是個很好的人。有些時候，你會想要鬆開斜坡頂上嬰兒車的輪擋，或將菸蒂熄在路口女孩半裎的乳房。

有時候，你想伸出雨傘，卡住單車騎士後輪的金屬輪軸。很少很少的有時候，你站在大樓邊緣的女兒牆上，想著失手推翻花台邊的盆栽，或者自己往下跳，哪個會先到達地面。你會一頭栽在人行道上那販賣著彩券的婦人嗎？你想聽到他們的尖叫，不過因為你未曾聽過自己的尖叫。你是個好人，從未麻煩過別人。只是你也有過小小的，惡的念頭。你只是從未實行過，你是個很好的人。

這樣的念頭持續了一陣子。你沒有變得更好，世界也沒有變得更壞。

一切如常的某個午後，你獨自枯坐辦公室裡，牆壁開始向內塌陷，旋轉，桌上的筆筒，筆記本，甚至印表機都懸浮了起來，彷彿辦公室的中心有個微型的黑洞，正把所有東西都吸納進去。但那明明是一個非常美好的午後，你還可以看見窗口停著一隻白頭翁，牠晶亮的眼睛從外頭看進來，彷彿告訴著你，你是個很好的人，你必須安靜地接受這些，接受世界的磨難。你甚麼都有了，也甚麼都沒有。那天並沒有下雨，也沒有風，奇妙的是其實也沒有陽光，生活是一場巨大的霾害把你吞進去，你那時在想：我是一個這麼好的人，為何要遭受這樣的對待。那個黑洞突然說話，它說，其實沒有為甚麼。它開始潰縮得非常小，並往你的胸口鑽了進去，就停留在那裡。

風停了下來，辦公室裡的一切回到它們原先的位置，筆還是筆，電腦還是電腦，桌子還是桌子。

這時候電話響了，你還是接起，如常地回答客戶的問題，然後掛上電話。黑洞卡在你的胸口，你伸出手指去摳摳它，其實並不會疼，只是顯得有些空洞。而你是個正直的人，讓它待在那裡其實，也無所謂。

那天晚上你並沒有回家，你就坐在城市直直通往東邊的那條大馬路邊，坐上一整晚。你並沒有尋求誰的安慰，其實你坐在那裡也並不是為了要等待日出，畢竟當第一道陽光透進城市，你便站起來，用胸膛裡的黑洞將陽光都收進去。於是那天，城市的早晨就永遠都不會開始了。你覺得非常滿意，回家之前，你刻意把某棵樹下的所有落葉都踩得更碎一些，彷彿那樣，就不會再有別人再遭受生活的傷害了。

畢竟你是一個那麼好的人。世界上恐怕再難找到比你更正直的人了。

金錢萬歲

每過幾天，他從倫敦打電話給我。

開頭他問，你好嗎？我很好。你小子最近關於那個案子有沒有聽到甚麼醜聞？我說，還行，你呢？當真忙起來的時候，或他旅行的時候，他會換了支美國的號碼撥給我。我便把那號碼存了下來，可也沒回撥過。

畢竟他往常都是用著倫敦的，那支他的桌機電話撥過來。

偶爾我回撥，他不在座位也總由一個亮麗女聲回音接起了，報出他所屬的對沖基金名稱的那號碼。我從未留話。只是告訴她，我再試試他的手機。她便說，好。

資本市場是這樣：我們交換著情報，像盲目的工蟻在世界不同的資本市場擷取對話的片段可能的猜臆。銳利的分工體系有人負責數學模型，有人負責小道消息。有人專門做情境分析為的都是算出一個「event」的風險與年化報酬率。我們稱消息來源是「source」但我往往將它們暗自稱為「sauce」單單是為了一個故事需要更多的顏色與氣味。如此你會有不同的資產配置，從事件之成與不成當中都能套出絕對的利潤。

絕對的利潤。絕對的套利。因此金錢是不必睡覺的。

自然不必。國際主要市場東京開盤之後，接力著開始交易的韓股、滬深股市、台北、香港。新加坡，馬來西亞與印尼。再晚一些吧，孟買上線了，中東的期貨市場開盤了，接下去接下去，接下去，也不用再提法蘭克福，巴黎，倫敦。越過一個大西洋，就是海的彼端，紐約，那世界資本主義的中心了。

以前聽「Money never sleeps」以為是隱喻，現在才發現是真實。最極端的電話會議行程：早上台灣上海香港北京。四點半倫敦。五點倫敦。五點半倫敦。六點倫敦。八點半紐約。九點半紐約。十點紐約。

算得沒錯的話，全球廿四小時當中只有四個小時沒有交易所的股票交易活動進行。

香港中環陸海通大廈的某家對沖基金，還有個經理人專門上晚班。甚麼意思？當然是在香港盯美股的意思。這傢伙五六點進公司，早上五六點離開，是日常的背反還是背反才是他的日常？我不知道。

總之，倫敦那傢伙總是問候我。在不同的時間。通常是台北時間的傍晚，算算差不多是倫敦進了辦公室的第一件事——我猜測他是否還來不及喝一杯咖啡便急著要跟我說話，因為他打了一個好大呵欠。我問，你還好嗎？他說，怎麼可能好，滬股殺成這樣接下來中概股的ＡＤＲ私有化該怎麼辦？我說，這我沒有答案的。他說，我成晚看，看了看覺得別看了，出去晨跑。跑完了回來，還跌。怕了，便打電話給你，算是講講話吧。

我說，這盤，這市，我是說不出甚麼所以然的。

他就笑。他說之前當然也經歷過股市大崩壞的時節，但我啊，是只要找個人來講講話，心也就定了，寬了，接下來的壞日子，好日子，都傷不到我身上去了。這樣的道理你明白嗎？

我說我其實並不明白。卻隱隱約約感覺，自己正在變成一樣的大人。

有次，記得是台北時間午後一點左右吧，電話響起我看了號碼詫異竟然是他。接起來說，你好嗎？他說他很好，又改口說，其實睡不好。怎麼可能睡得好。我說，其實你都根本沒睡著吧。他嘆了口氣說，是。你能跟我聊聊嗎？

當時我手頭正有一個案子忙得如火如荼，也不確定他要談甚麼怎麼談，話頭一轉，卻講到那個日前調降了私有化要約要約價一成的案子。他說，另外一個案子應該不會吧？我說，另一邊有富爸爸，還兩個，你要押著手槍對準我的頭我才願意說這兩個案子是一模一樣的根柢。雖然作帳方式拙劣得如出一轍，但要引申到他們想的是同一件事，我是覺得想太遠了些。

他一拍電話那邊，哈！的一聲，說信你了。又嘻嘻一笑，說，好那我今天可以睡一下了吧我想。

送走他的電話，像我憂懼於離開生活，卻期待能看到與昨日截然不同的奇觀，想得到更多，卻毋寧更害怕失去。也曾在香港街頭與整個部門的同事大吼——我們的工作究竟是幫助了誰？讓富者更富讓貧者更貧，然後呢？一切的問題都是在那個「然後呢」才能開始的。可是我不知道。

時間是把戲，速度也是，速度使距離成為奇妙的把戲。當你變成大人。變成大人之後其實並沒有甚麼事情被真正改變。

一個永不闔眼的全球金融市場，一群為此失眠的基金經理人，還有一個誤打誤撞在這裡和他們接上線的局外人。這荒誕極了。每一個人都有往右與往左的願望，但只能實現一個，另一個則會落空，世界不會停滯的反而加速從我們身上輾過。我任憑它壓扁了躺在路邊，也很好。

想要深深休息，深深呼吸。像一個人。

一個人走進金雞園，跑堂的看到我的臉就問，「一樣嗎？」我點點頭。我連說「好啊」的力氣都差不多用罄。

不妙的是有人用了沒有顯示號碼的電話撥打過來。我第六感直覺的是紐約客戶用網路電話打來。接。不接。接。不接。

接了。

「真是很抱歉我想你現在應該是晚餐時間。」我的油豆腐細粉來了。「不過我想這件事情我們可以稍微討論一下嗎？非常快？」我給你五分鐘。「我覺得他們對中國國有企業的投資審批確實是比較謹慎一點。」我當然知道。但你不知道這已經是我的晚餐時間了嗎？「不過現在看來審批時間要再延長七十五天應該是確定的了」我的炸雞腿也來了你為何不去問他們呢？

「……」

電話講完，七分半。我的細粉已經吸飽了湯，變成粗粉，炸雞腿的皮也不酥脆了。我的人生就像一瓶沒有密封的香檳，軟木塞已經碎化，拔出時沒有聲響，一丁點的驚喜也沒有剩下。

變成大人之後。其實我每天起床都期待會有奇蹟發生，將我拯救。期待走在每天相似的路上，總有一天會等到柳暗花明，等到我。

但沒有。我只是不斷迷失在一通又一通的客戶電話當中，等待城市崩毀，等待資本主義的傾頹將會造成了一種新的曆法。我許願，我虔誠，我也想歌頌萬歲的愛情，但更不願忘記每天早上起床在鏡子裡對自己說的那句話：

這地獄不知何時結束，還是每天都要當個正直的人。

踉蹌

新竹高鐵站，月台邊。甫結束鎮日工作問了幾個無謂的問題，得到敷衍的答案。已經可以回台北去了。從台北，到新竹，卅一分鐘。速度領著我們從此地到他方，省下的時間，並未使我更自由。卅一分鐘，可以多寫一則稿子，多打兩通電話。沒有人是自由的。

已近深冬。遠方丘陵已不見鷺鷥，月台邊，警示燈亮，低下頭我看得見一雙鞋沾了整天的濕氣看不見自己。

望出去，竹北如火如荼的開發案錯落著讓城市有張參差的臉。破舊的磚造房舍，榕樹，體育場，石頭，瓷磚，高樓，更多的高樓。圓頂。季風自四面八方吹來，雲腳低低往地平線盤桓，霧氣在空中，城市時有浮升的煙塵。我看著這些，彷彿有座飛快攀高的巨塔如幻影般升起。我狠狠揉了揉眼睛。除此之外我別無所有，當我被工作變成另一個人，彷彿有人出價要收購一個人的過去，知識，勞力與時間，用我整座生活的貧困裡所不曾想過的巨大數字收購一切。

代價是失去它。

要多少錢我才願意出售？

新竹的北上月台，對正了西方，天氣若是好的若這是夏日我能看見整片火一般的天空，正把風城吞落下去。往往在新竹結束一日工作，乘計程車回高鐵站，攀上幾層樓高的月台看到夕陽我會寬慰，能對自己說「接下來就是休息的時間」，對或許並不存在的神，說，禮拜天，也是安息日。我是說，天氣若是好的而這天並不。並不。

沒有夕陽，因此也沒有常規能告訴自己一天即將結束。一天就不感覺它正在結束。沒有寬慰也沒有語言。沒有人，沒有我。誰都不在這裡。

同事傳了訊息來，說台北正飄起雨。又問，這時候了你還在新竹？

我內心一沉，回說是啊我還在這兒但我真的已經很累很累了。始終明白沒有一條道路可以讓每個人都得到幸福，也就是說，不管我做得再怎麼好，也不可能讓所有人都滿意。但我還是做。但為甚麼，有時想想，只是想當個負責任的好人，不想讓別人失望，試圖讓每個人都能滿意，都對我微笑，為甚麼竟然是這麼辛苦的一件事。

我的生活是甚麼時候變成這樣的？

新竹。科學園區像一輛不曾安裝煞車的列車疾馳。比風快。比鷹的翱翔快。金融區熱烈地往外延伸，像高爐裡融熔的鐵水流向城市的每一個角落，把泥巴凝成黃金，把樹推倒，換上翠綠的植生牆。向日葵依舊生長，只是在水泥森林裡能見太陽的日子不多，但亮晃晃的ＬＥＤ燈點起來，已讓很多人滿意。

有人接受價錢，賣了。有人不願意。他們說，至少我們還有榕樹，體育場，石頭，瓷磚。一片農田。

進入職場幾年了，我彷彿甚麼都賣了。努力校正自己有些土腔的英語口音，讀書，和隔壁一樓的那隻土狗玩耍，夢想自己可以穿上西裝面試去了，變成一個體面的人，在高樓的冷氣房裡看著遠方的夕陽，眨眨眼，城市灰撲撲的臉孔裡，還有沒有榕樹，體育場，石頭。小時候，父親對我說，你答應了別人的事情，要做好要負責任，不要留給人幫你擦屁股。父親說，你會漸漸長大，別人看你都是從你的表現，再側面打探你的名聲。我說好，放心，別人交辦的事情我都沒問題的。

然後，有冷氣房的高樓開始吞噬城市，承諾一個更好的未來。有時，人們搖搖頭，問，我們只是想要這樣活著。活得體面，有過去，能夠想像未來，就好。

我不想抱怨但我還是抱怨了。我又不是在抱怨。我鞠躬盡瘁，卑躬屈膝，面帶微笑，咬牙寫稿。我面目猙獰我甚至久沒寫詩了。我對世界貢獻有限，但盡量完成每一件事項。和同事傳著彼此勉勵的話，可每句話翻譯成大白話卻無非是同一個意思，「我好累。」也沒人聽。我尖叫。咆哮。在一場未及到來的雨。在新竹，在台北，在清晨在黃昏。

想對父親說，我不會造成任何人困擾的我這麼負責任。我不是一個令你蒙羞的兒子。但我沒有說出來。

車來了便這麼來了。風吹起，我拿下眼鏡揉了揉眼睛。車票上的座位是7車2E，靠窗的座位。這樣很好，可以一路看著窗外回到台北投入憂鬱的風色和陰黝的雨。於是我上車，我找到靠窗的座位並向坐靠走道的男子說，不好意思借過。他的腳縮了一縮，我說謝謝。聲音小得近乎聽不見。我坐下。這時另一個男子走過來他說，「先生不好意思，3E是我的座位，」抬頭一看才發現這當真是3E是我錯數了排數。

我起身我滿面抱歉對他說，對不起，我的座位是2E。

是我看擰了我真的已經非常非常疲憊。

再次同坐靠走道的男子說了不好意思，以及謝謝。我非常有禮貌。盡量表達非常有禮貌的樣子。我款起隨身物事跨出座位，卻也是那時，走道邊的甚麼東西像生活狠狠地伸出它的腳來狠狠將我絆倒了。當我踉蹌跌坐，手邊的公事包，手機，與錢包，與我上車前匆忙買下的三明治和牛奶都散落一地，是這生活令我狼狽。

人們靜了下來。

我沒有抬頭看他們的臉，卻終於坐在走道中央忍不住哭了起來。

我曾熱切地想要成為記者

九月一日是記者節，全國記者照常上班一日。但記者節——重點當然不是上班與否，而是，自一九三四年我國設立記者節以來的八十年間，傳播媒體生態有了多麼天翻地覆的變化。

「記者」從無冕王、第四權的美稱，在台灣竟能演變成鄉民人人都能說上幾句、酸上幾句，「記者素質，不意外」這等職業尊嚴低下的行業，又如何映照著傳播學院第一堂課——新聞自由是民主社會基石——的理想，在當代台灣早已破滅的幻影，與財閥資本主義侵蝕民主根基的實相。

我畢業的政大新聞系前身是中央黨校。而「新聞系」作為創校四系之一，新聞傳播從業人員作為黨國傳聲筒的角色，自是新聞系史上不可否認的一頁。然而，隨著時空演變，一度隨黨禁報禁解除而百花齊放的媒體產業，能夠突破黨國封鎖，讓台灣在十數年間萌發出民主的青澀果實，那些與國家機器暴力以性命相搏的記者絕對功不可沒。曾經有一個時代，記者們走在言論自由遭箝制的刀鋒上，卻能開出台灣民主的新頁。

曾經有些時候，我是那麼熱切地想要當記者。卻也曾經有些時候，我又以同等強度劇烈地排斥當一個記者。

那是當黨國勢力在表面上退出了媒體，有了另一隻來自財閥的巨手——是威力甚至不下於黨國機器的手——伸進了媒體產業，且以各種可想像與不可想像的不同形式影響著當代的「新聞」。它可以是財團資本直接控制媒體經營權，可以是大宗建案的廣告主對房地產與經濟情勢的間接影響，可以是編輯室與廣告部為討好讀者與廣告主的自我矮化，更可以是記者與消息來源共謀試圖影響股票市場的醜聞。它可以是，新聞從業的理想性逐漸退居幕後，記者只為餬口而順從編輯室長官無理指示而「產製」新聞的屈從。

它可以是在網路以點閱率掛帥——如同唯收視率是問的廣告商毀掉了台灣電視新聞一樣——的時代，有奶有卦有奇人異事哪怕就是沒有營養也有點擊數字的「新聞」，如病毒般摧殘了網路訊息的傳播。

於是我們的新聞只剩下政府部門錄音機般的政令宣導，剩下國際奇聞，剩下哪家便當店又漲十元的雞毛蒜皮，剩下聊勝於無的「獨家」。剩下你是藍而我是綠，其他的公民記者則肯定都是對手陣營的網軍。我們的記者因為永遠需要ＳＮＧ連線而不停「進行著一個報導的動作」，我們的新聞成為了一個「理想性無法被實踐的概念」。財經報紙剩下股市明牌，財經電子媒體成天追逐金管會和財政部問著明天股市會漲還是跌。剩下產業名人的有聞必錄。我們不再有政策討論，不再有正反並陳，不再有加薩與烏克蘭，不再有戰地記者也不再有甚麼足以顛覆資本與政治共謀的調查報導。

媒體追逐短視的銷售數字，收視率，與點閱率，有政治八卦而無具備遠見的他山之石。我們被這個世界餵給它們吃剩下了的，我們看似甚麼都知道了，但我們甚麼也不知道。

我記得，政大新聞系系歌頭幾句是這樣的：「新聞記者責任重，立德立言更立功，燃起人心正義火，高鳴世界自由鐘。」今天我想起那首歌。其實我每天都應該想起那首歌，同時想起我那些在不同路線、不同媒體、主理著不同題目並處理著各種無理指派題目的朋友們。想起每一個努力聯繫各種消息來源求證卻要被一併說成是「妓者」的同業。有時我會灰心地想，其實人心正義火沒有那麼容易被點燃的。在這樣一個全民無德無良人人都有話說但沒人承擔責任的時代，新聞或許不再重要。

或許。

但也或許，是在記者節這一天，我同時想起社運現場不離不棄的那些同業，想起曾在一個同志運動的場合，有個同業大哥訪問我時他問我——「你相信世界會因為這些努力而被改變嗎？」我反問他說，你相信嗎？他說，「我相信。因為採訪同志運動這些年來，也讓我改變了對性別平權的看法。」我想起這些，曾經有一個時候我是那麼熱切地想要成為記者，想要改變世界，於是我們能夠每天出門，繼續採訪，或許不是在「新聞」裡頭披露自己看到的一切，但仍然相信。

相信世界可以被改變，不是在這一天，但會在某一個明天到來。

九月一日，我想起自己曾那麼熱切地想成為記者。也祝福每一個內心仍有理想，仍有正義的新聞從業人員。記者節快樂。

都是為了準時下班

在香港的跨國金融通訊社工作，首先要適應的就是不同國籍同事的工作習慣差異。

可無論有著何等差異，絕對是大夥兒共同的目標，團隊合作的戰略非常明確：每個人都想準時下班。

義大利人早上外出開會，過午才回到辦公室，眼看新聞室裡頭每個人耳朵黏著電話、眼睛盯著彭博新聞台，奮戰的氣氛幾乎讓空氣都燒起來，他便用非常有精神朝氣的聲音大喊，「哇喔，我以為我九點進辦公室已經夠早了，想不到辛苦的各位比我更早呢！有人要來杯濃縮咖啡嗎？」講完，跟抬起頭來的每個人眨眨眼睛。

也總有些午後，英國人拎著他中午沒吃的鮪魚三文治，和早上買的、不知何時已冷掉的黑咖啡，慢慢晃過來，說，「剛剛開了個會，某案子的這部分，我想我們可以一起做。」然後再用同樣的步調走回自己座位，開始吃他的三文治喝冷的咖啡。至於他描述的那個案子，大抵要到隔天的早上才會出現在你的信箱。

美國人開完會回來，則會先去寫個電子郵件、或者在Skype上確認時間，比如說，「哈囉，十五分鐘後你可以來找我嗎？我們簡短談一下這個案子要怎麼做。不過我現在要弄杯咖啡，你要嗎？」

可率先幫大家煮好咖啡的，肯定不是美國人。而會是那個義大利人了。

義大利人端著托盤，把一杯杯濃縮、拿鐵、卡布奇諾，分發到每個人的桌上。再用悄悄話般的語氣，咬著耳朵說，「嘿我現在想要溜到樓下去抽根菸了，要加入嗎？」等到菸頭在香港那看不到天空的大樓與大樓間燃起，方真的說起了先前那個會議裡頭，有甚麼需要你的消息來源協助評論的。

我們總是說，資本夜未眠，金融市場從不闔眼，可我服務的公司在香港、倫敦、紐約設有總部，在全球主要股票市場亦都設有分社——這確保了，即使某個辦公室的每個人都關燈離開了，市場繼續運轉，新聞會繼續遞送到每個基金經理人的信箱，即使少了任何一顆齒輪，業務亦照常運作。

所以，每個人，在這裡所做的一切目的都很簡單。

努力工作、團隊激盪，都是為了準時下班。

在台灣企業，總有些人覺得自己擁有過人的聰明、能力全方位，因此做甚麼事情都得親力親為，但甜美又殘酷的事實是，如果少了一個人少一份工就無法運作的組織，事實上是個最為失敗的組織。當你加班，覺得自己嘔心瀝血，鞠躬盡瘁，卻其實你是在向同事釋出「我不適合團隊工作我只能獨來獨往」，「少了你們我可以做得更好」的負面訊息。

但事情不應該是這樣不應該的。

我幾乎可以想像——倘若是在一個像我服務公司的所在，一個台灣人，外出和消息來源和客戶和合作廠商開了整天的會，當他回來，他會不會先表達「今天這個會怎麼開這麼久啊又沒重點，我好累，怎麼還有這麼多事情搞不出來好煩我需要咖啡。」然後就去泡了自己的咖啡然後回到自己的位置上埋頭工作。

直到義大利人、美國人、英國人都在六點五分、十分把結案報告送到客戶信箱。然後，背起背包，相互詢問，「要不要去喝一杯？」

那時，只剩下一個綁死了自己的台灣人決定要挑燈夜戰。

你今天準時下班了嗎？

炸掉你的櫃子

「有時，保持沉默的壓力讓我舉止失常……憂慮與一項不幸的事實交纏在一起：對同志的偏見依舊存在。」——John Browne

身為一個出櫃男同志，記者。我的男同志社交圈在我的工作上是一項無上寶藏。

當我自我那些在業界上班的同志友人口中又獲得一則獨家新聞，同事們，甚至同業們，往往會問，你是怎麼拿到這條消息的？我幾乎往往說謊不打草稿地說，我們是某個時代的學長或學弟。或許真的是，在這「出道」超過十五年的時刻，幾乎每個年長同志都是我的學長，每個年輕的，則都是學弟。他們散布在半導體業、設備業，銀行業，律師樓，不同的媒體，先端材料產業……在產業都還沒打一個嗝，酒足飯飽的那些聚會裡面，已先讓我窺見了產業演進的端倪。獨家。並不是最重要的。他們在我打拚的證券金融業界，是最完美的資產。

但他們不是能夠被看見的——甚至在我所書寫的報告當中必須被姑隱其名，成為一個個面目模糊的「消息來源」（source）。就像每一個同志，在人群當中極力隱藏自己真我的一面，竭力使自己看起來不那麼特別，規避一切可能的刺探與騷擾式的提問。櫃子，在企業界無所不在。在半導體廠，在投資銀行，在律師事務所，在他們每一個人的，「玻璃衣櫃」中無法前進，卻也無從後退。

我就在那外頭看著。想問，有甚麼是我可以幫你們的？

他們說。其實不必了，在這裡待著，也已經很習慣，很習慣了。他們總是答得坦然。卻總坦然得讓我氣悶。

*

有甚麼是同志不得不習慣的嗎？當一個假面人，切換與同事交談生活私事時的「男／女朋友」代稱，又或者必須用「馬子」、「我家那個」，去隱晦地指稱。這樣的雙重生活或多或少磨耗掉了他們的專注，聰明，創意，讓他們加入一個個又一個個的平凡的人的其中。

有個派駐在歐洲的朋友說，就在與部門主管聚餐酒酣耳熱時，席間一個英國男同事問了他，「你在這兒有沒有打算找個男孩或女孩約會哩？」他猶豫了一會兒，但他們說，這都沒甚麼。一個人，在職場上的工作表現及為人才是最重要的。於是他想，「堅信自己，」講了出來，說歐洲的男孩兒們都挺可愛的，讓人想要跟他們約會，獲得滿堂采。

他說，出櫃，其實挺好的。挺輕鬆的。

仔細想想，若身為同志，在辦公室裡頭，即使是最窮極無聊的在茶水間的嗑牙，必須花費力氣把男女朋友的性別對調，必須持續記得自己為自己那存在（但不能存在）的伴侶安上一個虛構的身世，不能討論你們的性生活（像那些異性戀男性總是引以為傲的），回到辦公桌上，你有多疲累，就有多疲累。回想起來，曾經有個怎樣的世界，讓彼時的少年同志轉過身去，讓他們感覺，或許步入櫃子的企業生活會令自己比較安全。又是怎樣一條我們不曾也不能夠選擇的道路，承諾了比較平靜無風的海面，使他們可以勉強自己往那裡走去。像他們當時堅定而隱忍的下唇，說出，「我想我並不是……」

而這句話安在令我們地裂天崩的愛戀之後，卻又是如何地諷刺。

必須要等到甚麼時候，這個世界才能令每一個同志，都感覺安全？

必須要到甚麼時候，我們的社會才能夠容許每個人以自己的方式得到幸福。比如說，能不能再少一例，一例就好，讓這世界上的每個人都能夠更忠於自己的選擇，分開是因為不愛了，而不是因為這條路不被允許。

該是時候解開這項詛咒，就從公司高層推動一個包容性的環境開始吧——像

HSBC舉辦「全球高層出櫃日」（Global Coming Out Day），讓大家知道，你並不孤獨。你在一個最大的資本集團當中工作，公司要的是你完全解放自己的工作能力，而不是花力氣在遮掩你真正的模樣。那樣，對你，對公司，都是巨大的損失。而另一方面，Apple執行長Tim Cook出櫃了。人們讚美他的坦誠，稱頌他的勇氣：當今最有權勢的商界巨擘CEO出櫃，且在全球企業五百強當中是唯一坦承自身同志性取向的執行長。

*

Tim Cook說，「我從未把自己視為一個同志運動者。但當我了解到自己的成功是來自多少人的犧牲，我必須站出來。如果蘋果的執行長宣示出櫃，能夠幫助一個掙扎著不知能否做他／她自己的人，抑或是讓一些人覺得自己並不孤獨、讓爭取平權的人們更加堅持，那麼我個人隱私的些許犧牲，就不算甚麼了。」

他說得真好。真好。人們說，他對這世界選擇了誠實，他真是一個偉大的人。

但我想，Tim Cook並非特出於我們的，偉大的人。

我毋寧說他其實就是我們之中的每一個人。也會哭，也會笑，煩惱，他亦會歡慶，並受傷於某些人性的瞬間。甚至，他也會在產品發表會的keynote speech當中吃意外的螺絲。就如同他的出櫃宣言所明示的，他其實就是我們每一個人。只是，只是他說，「我何其有幸，在一個如此重視創造與創新的公司工作，而這間公司知道擁抱人們的『不同』，或許正是激發創意的法門。」也如同Tim Cook 所直陳的，世間絕非每個人都如同他一樣幸運。

Tim Cook當然是個優秀的同志。他是當今商界最叱吒風雲的執行長，或許更是世界上最有權力的同性戀——可能比冰島的女同志總理更有權力——然而，指出他的優秀並歌詠「那些和他一樣優秀的同志」比如說 Ellen Page、Elton John，甚至是前柏林市長沃維萊特，乃至眾多在時尚與藝術領域呼風喚雨的同志，都可能並無益同志權益的平反與擴張。

我們必須首先承認，他不必「先是」一個優秀的人，才能夠是一個被世界歌頌的男同志。

如同，我們必須承認即使不那麼優秀，一個同志、一個跨性別，一個雙性戀，也必須被給予他們日常生活的空間，生存的可能，以及不管你是誰，也依然被平等對待的機會。我們必須接受，一個「人」，即使欠缺生育能力、經濟能力不佳、有施暴傾向、感情關係複雜，愛滋病，漢生病，濫交，也還是值得我們愛他／她。就像某一天即使我們窮困潦倒了，在那樣的世界，我們依然可以相信自己值得被愛。

在那樣的世界。每一個人都是平等的，每一個我們。

如果能夠生存在那樣的世界。我但願我們能夠。

*

十多年來的每一場台灣同志大遊行，在那之前的每一年，我走上街頭。想起那幾乎被自己所遺忘的，妖嬈嫵媚的自己，何其勇敢，何其坦誠地裸露，扮裝，何其驕傲於自己真正嚮往的「那個樣子」。我曾經敢於表達我自己，曾經樂於擁抱我那些患病的弟兄們。而曾幾何時，我還是上街，只是不再換上女裝，不再穿上我的高跟鞋，不再走在第一線嶄露我們的驕傲。我還是給人們拍照，我稱讚他們，但是甚麼令我收束，我依舊寫詩依舊抨擊社會的不公義，依舊和人們一起吃餿水油、加工物，但我彷彿不再勇敢。

今年同志遊行，我一如過去三五年來一樣走在人行道的邊上，有時或許稍靠近些遊行的人群，但我不曾走入他們。好比那些我認識的朋友們，幾個人加起來年薪超過千萬，大家都有上好的工作，我們何等幸運，但我們不約而同都戴上墨鏡，似有若無地不知隱藏著自己的甚麼。我從所未有地感覺自己優越的位置，卻也正因為社會化而被甚麼我們自己所不知道的收編著嗎？一個朋友，他說，他漸漸知道了自己在意的是甚麼，因此這幾年都把自己扮裝成女性。

當他這麼說，我感覺羞愧。

我想起跳樓自殺的鷺江國中楊同學。如果，如果他早一點點讀到Tim Cook的宣言，面對著女兒牆，那生與死的界線，他是否會選擇不跳呢。

我不知道。而這一切都來不及了。

好比，就在遊行結束的隔晚，一個朋友，還在就讀大學的朋友，傳了訊息來說，他前一陣子驗出HIV陽性反應。他旋即開始吃藥了，且被副作用影響得，生活都已不是生活。但我不能說出更多的話。我依然愛我的朋友，但世界是否能夠像他驗出帶原之前一樣喜悅他的美麗、他的妖嬈，與他的幽默？這是多麼令人心疼的事實——世界從來都是有條件地愛著擁有不同條件的人。好比我們稱讚Tim Cook的出櫃，卻未曾毫無保留地愛著一個顏面傷殘的同志，嗑藥的同志，愛滋的同志。

愛有時很殘忍。這是真的。

是甚麼階級的縉紳過程讓我悄悄關起了某一扇門嗎？我必須首先是一個優秀的人，然而才能宣稱自己是男同志嗎？我們必須藏起自己的「不乾淨」才能走上街頭嗎？

我必須先贏得社會的肯定，接著才能擁有「出櫃」的自由嗎？

在企業裡出櫃承擔的風險往往是關於考績、關於可能恐同的長官，以及或許並不存在的，職涯遭受中斷的風險。但不是這樣，不應該是這樣的。是嗎。

我們其實就是我們當中的每一個人，在職場發笑、感覺沮喪，有時成就了快樂了，便前往下一個目標。而唯有脫下了身上——那無論是社會的職場的家庭的自己所加諸——的枷鎖，我們才能獲得真正的自由。

*

誠如Tim Cook所說的，「此一身分艱困有時，也非時刻舒坦——但身為同志，它讓我有信心做我自己，把握每分每秒我所堅持的道路，使我超越一切的逆境與偏執。」我也但願我們每一個人都擁有那樣的品質，無保留無條件的愛，愛我們自己，並且愛每一個與我們同與不同的人。

我想起那年我愛上的一個人。

那年他四十出頭，是個電子公司的副總，有個相交十八年的未婚妻，那年他在內湖置了產，可在對他未婚妻說明的時候我成了他（不存在的）手下的弟，因為北上租房狹窄，剛好他新房落成，便找了我來住，相互照顧著。他的未婚妻或許相信，也或許沒有，在接近結束的那天晚上，她靜靜問我，你住在公館的爸媽還好嗎？我突然便知道了，活在他雙面謊言的人裡的其實只有他，只有我。而她甚麼都知道。

我對他暗自為我打造的雙重人生感到非常非常不安。隔天，在那迎向未完工文湖線軌道的陽台上，我抽完最後一根菸，把房屋的鑰匙投進信箱，再也沒有見過他。

他後來怎麼了呢？我沒再探問。

只是當時如果他能擁有一個像我們現在所能出櫃的空間，他，跟我的故事，或許就會非常不一樣了。

這是個「愛」所教我的故事。而愛總是使我悵然。

我也有基督教的朋友

婚姻平權運動與宗教經典、乃至所謂文化傳統的針鋒對壘，仍在持續上演。最常聽到自認為高同性戀一等，因而充滿蔑視與忽視的一句話，是這樣說的，「我也有同性戀的朋友，可是……」可是甚麼？可是他們不配得到婚姻。可是他們大可以用所謂同性關係特別法，規範一對戀人在生活、稅務、保險、醫療與繼承上的種種關係，可是我們就是不希望他們結婚。

那就像當時黑人人權尚未獲得肯認，黑人有公車坐，黑人可以上學，但黑人不能跟白人坐同一輛公車，不能跟白人在同一個班級，進出同一個校門。

隔離且平等，根本就不是平等。根本不是真正的平等。

那天，我走下校園外頭長長的斜坡，夜暗裡，燈光半明半滅，有風，天氣有些清冷，我在站牌底下等著236。等著公車來。不自主打了個哆嗦。這時，有個男人作勢向我遞來一張傳單，我抬眼看了看。

那紙寫著，祝你平安喜樂；歡迎來教會聽福音。

是個非常和藹的中年男人，格子襯衫，鋪棉外套，他對我笑了笑。他的笑容在夜裡透著和煦的溫度。

拿下耳機。我很想對他說點甚麼。只是張開了口，兩人之間有通透的沉默。

其實我差點要問他，你們教會支持多元成家嗎。我差點要問，你們教會是如何看待像我這樣的同性戀者。我要問，若我和我的情人想要結婚，你們會祝福我們一如祝福其他所有的配偶嗎，你們可曾知道，我和我的情人也只是想要扶持，相守，在所有的磨難當中老去，而你們——是否願意給予我們同樣的愛，和無條件的祝福。

我很想對他說。

可是我沒有。我沒有說出口。

其間，他彷彿說了甚麼。我並不記得非常清楚。我對他勉強擠出一個笑容，說，謝謝你。然後我戴回耳機，走回站牌底下的陰影。

那個初冬的午後，十一月底在凱達格蘭大道上演的「為下一代幸福讚出來：反對多元成家集會」，把雙方對峙推到了最高，最高點。那些口口聲聲為了孩子的話語，都是在把非異性戀的一切性向推往更邊緣的所在，告訴他們，你／妳不正常。告訴他們，例外，是不可能變成正常的。那些反對同性與跨性別婚姻自主權益的臉孔，還戴起了口罩與帽子，向其他性傾向的人說，我也有像你們這樣的朋友，我尊重你們，但你們不配擁有婚姻。那些戴著口罩帽子遮去大筆臉龐的糾察隊，團團圍起了意圖進入會場表達不同意見的同志，與直同志，從四方限制了異議者任何的去向。

他們圍起同性戀，他們祈禱，他們試圖治療。

治療甚麼呢。治療你們的不正常。

十二月便荒謬地開始了。十二月的氣候是徹骨的蕭涼。

然後他們否認主名。他們說，我們不是教會的成員。可一輛輛停在會場外頭的，動員的遊覽車，確鑿地便書寫著掛出了各地教會的名號。他們說，婚姻本來就是一男一女的結合。他們說，這是傳統價值，並不全是《聖經》的教導。看到這些，我幾乎口出惡言，我幾乎氣急敗壞。我幾乎放棄持守，只因我不能理解，一場邪惡的，屬於歧視，仇恨，與惡意的盛宴，竟來自於應當教人如何去愛，如主愛一切世人的教會。

反對多元成家的集會結束那天晚上，夜已經深了。深邃得彷彿白晝的惡意尚未自我們身上褪去，我感覺冷。氣得想哭。

在臉書上，一個朋友傳來了訊息他說，「很難一時之間說得清楚，但我希望你不要對基督徒失望。」我怔了怔，當我幾乎口不擇言要咒罵一整個宗教的時刻，其實我差點忘記，其實我也有基督教的朋友。認識這朋友很久了，或許該稱他學長更為貼切，我也一直記得他是個虔誠的基督徒他說，「這一連串的過程，或許更激發了你與好友彼此間的革命情感，你有很多好朋友，這更讓人覺得、值得為生命喝采。情感，是有價值的。我是個堅信主的人，對祂是天天的疑惑卻又是天天相信，但如今，要有與我一同奮戰的人，卻不知在哪裡？」

他說，我們本不曉得當怎樣禱告，只是那靈親自用說不出來的嘆息，為我們代求。

我突然便懂得了。那些偏見與仇視，其實與宗教無關。

偏見與仇視，和人們如何選定了扭曲了「愛」的品質，毋寧有著更大的關聯。宗教要教導要人們體悟的，一直都是愛的方式，是恆久忍耐又有恩慈，愛是不嫉妒。愛是接受並包容一切的美與醜之並存，如耶穌的寶血洗淨了所有的罪。而若有些人無法從中學會，愛其實是無條件的——當他們伸出戟指的手，是他們一時忘卻了人子為所有的罪上了十字架，而非上主未曾派下他的子來贖全人的罪行——我又何嘗有資格評斷一整個宗教的，對，與錯？

我仍為了少數教徒惡意的扭曲，抹黑，說謊，與對非異性戀社群的無端恐懼，而感到悲傷。

但我旋即想起，我的基督教朋友曾與我說過一個故事：在美國，白人先把黑人貶到擦皮鞋男孩的地位，再說黑人只配擦皮鞋。後面還可以再加上幾句，有白人還會站在一旁，覺得那皮鞋擦得實在好，沾沾自喜覺得，果然讓他只配擦皮鞋是對的。我的基督教朋友告訴我，所有傲慢、自大、輕視、歧視、自以為聰明其實愚笨的眼睛都是這樣子的，自私自大地認為別人只配如何，然後要他低頭，乖乖聽話，然後順心如意利用他，踐踏他，再不然就是——嫉恨他，排擠他，下手害他。

但並非所有人都是如此。他說。不是的。

堅信和疑惑往往同命相生，而這思索的過程，或許更是讚美的正途也未可知。

我一直認為我是幸運的，即使我所相信的超越一切的「甚麼」，和主擁有不同的名字——姑且稱之為「大靈魂」吧——在冥冥之中，它也一直在為我們每個人指出殊途同歸的方向。

我回想起我那些基督教的朋友。比如說，我們的友情如何開始。

我和他們成為朋友，是因為人生在世，不過三件事。我的朋友們與我共享相同的價值：同理心，幽默感，而且他們肯動腦。

他們知道，人生在世，一切都源於無上的愛，自由，與平等。

那夜那男人，他對我探出那張傳單，其實當我啞口而不願對他說出的是，就在同一個神的名下，有許多人正行著恨的事。我無法對他說，在神的關照之下，兩天前有一群人以祈禱之名試圖袪除我們的罪。我沒有辦法對他說，若你們要我們捨棄這些，這些定義我們之所以是自己的東西，我們就甚麼都沒有了。我說不出口的是，有那麼多人，憑藉著神的名義傷害著定罪著別人，而你要我相信，那是福音。我願意傾聽，聽你說那些你想說的。但又有誰聽我們想說的？

現在想來，那時我應該就對他說，謝謝你，是的，我也有基督教的朋友。

沒再等很久公車便來了。

這條路是我從大學時代便搭乘慣的。時間過去，街景的細節不斷改變，到稍具距離之後，回過頭來，我確實覺察了，世界運轉的方向正往美善的一端前進著。

公車悠悠晃過蜿蜒的興隆路，我知道，家就在那裡。我很快就要到家了。

青春鳥園二二八

少年認識二二八事件並不是從二二八開始。一九九九年，少年十五歲。那座公園仍被暱稱為「公司」的年代，少年同志們補習班下課後，或者壓根便蹺了課的某些夜晚，在公園裡暗影般逡巡，聚集，在樹叢之下，荷花池畔調笑。少年們在BB Call上傳遞著，「〇七二二八」。意思是，老地方，老時間，七點，二二八公園，等你，快來。那是少年同志旁若無人的二八年華。

猶記得，當年的妹子亭裡，總是傳遞著誰愛了誰，哪個學校的誰又和誰分手了，林林總總的消息，在少年們的王國鶯啾燕笑，唯有青春鳥。新光大樓彼時還是台北最高，巍峨立在那裡，背對著它，兩腳岔開站著，彎下腰去的少年說——

「你看你看，新光大樓在我屁股裡面。」

但不只這樣。台灣歷史裡頭還有些陰影，島嶼的歷史也是它自己的鏡面。

*

青春鳥在不同年代破殼而出，披上新生的羽絨，飛落公園那澄黃的光線。一本青春鳥集照片翻頁再翻頁，相片的顏色與記憶同聲隨時光褪去，城市男同志一代復一代，群聚復離散，相濡以沫，而後相忘於江湖。

制服少年，美麗少年，有人施展羽翼遠颺了，回頭望，那黑暗的王國在背後愈縮愈小，成為記憶中小小的黑點。有人則攏了風雨中騷亂的翅膀，停下，理整了飛羽卻再不離開。博物館前頭那白色石柱迴廊，是兩小無猜的場景，倒也是狩獵者與獵物竄逃的地帶。花名十二金釵也好，七仙女也罷，來到這裡，誰都是彼此的阿青，吳敏，老鼠，笑得特別芙蓉出水也似那人，則當然是大家的小玉。

那時少年年方十六，新公園已不是新公園，而是二八年華的二二八。

和平紀念碑陽具般直入空闊的天際，五月天的阿信唱，「脫下長日的假面，奔向夢幻的疆界，南瓜馬車的午夜，換上童話的玻璃鞋……」制服少年翻開書包，同其他學校的鶯鶯燕燕交換色情光碟和雜誌，不時爆出尖銳的大笑。不像小說讀到——警察會揮舞警棍前來，並讓眾家姊妹花容失色大喊，趕快教訓我——的新公園，怎麼讀怎麼看，都不像。

可荷花池還是荷花池，危顫顫地走過小橋時，前頭那人突然回頭，勾起了眼神如光如電，誰又想起了龍子阿鳳像一場城市裡不存在的暴雨。無語無愛，無傷無逝，蹺一堂補習班來到花架下，那往常為人暱稱為妹子亭的所在，旁若無人地尖聲調笑，或在迴聲舞台上高喊著平時無法言說的，那一個個校園裡令人衝動令人心悸的姓名。有時只是寂寞，只是不多不少的寂寞，促使我們往公園後方的黑暗行軍，在公廁裡褪下彼此的褲頭，體液交換或未曾交換，澆熄了多少暗夜裡熒熒的星火。

少年知道，在那陽具形象的紀念碑底下，那走道將水池圍成祭壇一般，釣人的絕佳所在。少年在那環形的步道漫步，你看看我，我看看你，愛慾的眼神卻突然為暗夜裡的碑文所打擾了。

那裡寫著，「……台灣行政長官陳儀，肩負接收治台重任，卻不諳民情，施政偏頗，歧視台民，加以官紀敗壞，產銷失調，物價飛漲，失業嚴重，民眾不滿情緒瀕於沸點……」那時的少年不知道。甚麼都不知道。「……專賣局人員於台北市延平北路查緝私菸，打傷女販，誤殺路人，激起民憤……陳儀顢頇剛愎，一面協調，一面以士紳為奸匪叛徒，逕向南京請兵。國民政府主席蔣中正聞報，即派兵來台。三月八日，二十一師在師長劉雨卿指揮下登陸基隆。十日，全台戒嚴。」

戒嚴。那時，少年還不知道，是次戒嚴與他兩歲多那年解除的戒嚴並不相同。那是台灣第一次臨時戒嚴，後雖短暫解除臨時戒嚴令，「警備總司令部參謀長總柯遠芬、基隆要塞司令史宏熹、高雄要塞司令彭孟緝及憲兵團長張慕陶等人，在鎮壓清鄉時，株連無辜，數月之間，死傷、失蹤者數以萬計，其中以基隆、台北、嘉義、高雄最為慘重，事稱二二八事件……」

又過了幾年，少年開始懂得了些事情。

當他與男人們並肩坐在沙發上看著電視，抑或慶賀又是一個二二八紀念日的那時，他記得，曾有一個男人說，「我的爺爺在那時候消失了。」但少年並不知道那是甚麼意思。後來，少年在某堂課上，聽教授提及，國民政府之所以能夠說，閩南語文化是粗俗的文化，乃是因為二二八與其後的清鄉，乃至再更後來的白色恐怖期間，大量殺害了講閩南語「本省」知識分子。

少年終於開始理解，自己曾引以為傲的，被人稱讚有「外省」味的文筆，可能並不是一個讚譽。

可能並不是。當少年開始這麼想，他也記得，後來的那個男人，說，「二二八只不過是某些人的政治資產，看哪，那些大選前夕呼喊著企求原諒赦免與和解的口號，多麼便宜。」少年便將手從那人掌心裡抽出。他們不再見面。

以至二〇一三年，已非少年的少年，又再經過博物館前頭那白色石柱迴廊，發現二二八公園北側已拆除了圍牆，城中之城頓失了障蔽，才想這確實已不是十六歲那年的風景。

自然不是。當少年繞到那依然巍峨如一只勃起多年的陽具的紀念碑前，發現水池底的長年淤泥，給人刮出了「有GAY嗎？」「來看二二八的屁眼」等字樣。

少年想起那個說「平常我們根本不把二二八當作一回事」的男人。想起另一個男人說，「反正二二八就讓那些家屬出來哭一下就沒事了」。少年想起那「只被」操作為一個每年紀念日膜拜符號的二二八，其實台灣人正在喪失的，是正面直視歷史的能力。當受害者還是覺得自己是受害者、加害的「政府」不僅不能概括承受歷史，更理所當然認為「都已經做了這麼多還要怎樣」，歷史的和解只停留在表面，無法真正深化到每一個「與這段歷史相關的人」心裡。

少年想起自己的族裔。性別運動這麼多年了，二二八平反的時間更長。但還是不能往前的台灣，該如何轉型、如何正義呢？

那是台灣人對待歷史的輕薄。

於是，紀念碑被如此對待，既是原因，同時也是個必然的結果。

*

少年們都說，自己不過是「混」了一下二二八。

「混」的意思是，根長在別的地方，只是來透透氣，不一定對這地方有甚麼特別情感，混過一個又一個夜晚，嚼著哪個學校的誰又和誰分手了的舌根子，妹子亭總是傳遞著那些青春的消息，在少年們的王國裡鶯啾燕笑。說穿了，是那兒總有人，像一家手工餅店牌招打的「此燈亮有餅」，公園點燈的夜裡必然有幾個人在那裡，讓我們去混二二八。即使沒有楊教頭，沒有南瓜馬車和老鼠，只有自台北各地聚首的寂寞的靈魂，瞳黑深深，如鬼火般閃爍。

久了，還是發現有人總是杵在同一棵樹下。還是發現，有人總是閃爍著眼神，公廁裡常年的玫瑰還是那幾個。

誰都以為自己是青春鳥，渴盼的卻是安樂鄉。

一本小說怎能把公園裡的人都寫完了，如雷如震落將下來的隱喻，豈止描繪了七〇、八〇年代台北新公園的眾生，毋寧更定義了接下來二十年同志去「公司」上班時，青春鳥們共同的基調。最淫蕩衝動的年紀，遇上一個衣冠楚楚談吐得宜的中年人，卻怎麼竟想起阿青和俞浩未及開展的碰觸。有時覺得自己是出淤泥而不染的蓮花，有時，則想起兒童遊樂器材區，那一張張好過，卻已無法辨明的臉孔。也曾在心底撞著一堵灰牆想說服自己，不是孽子，亦非逆女，可繞不開書裡的每一個姓名，感覺自己對世界有所虧欠，四十歲的，說起來是不能傷心，也傷不起，二十歲，或者更年輕些的，漂著，飄著，心還不定。太過情緒化的年紀過了，安靜地微笑且撕碎了誰遞來的紙張，刪除手機裡露骨的簡訊，少年不再回去二二八。

同志遊行十多年了，孽子彷彿不再是孽子，老中青少年仍然上了街頭，這回爭的是婚姻平權，誰能想到呢。

小說沒寫沒預料到的，是城市裡風起雲湧的同志運動，竟能用時間一點一點解散了黑暗王國的疆界，拆解了男同志對世界背負的原罪，無孽之孽。城市空間的系譜繼續更迭，從新公園到安樂鄉，從二十世紀末尾的二二八到芳情女子俱樂部，二十一世紀伊始，西門紅樓再次成為城市男同志的地標，消費文化的快速發展讓各色酒吧在東區插旗，當代的老鼠和吳敏穿A&F、穿Hollister如披戰袍，著TOOT和Aussie Bum內褲如當代騎士的鎖子甲，小玉則可能風風火火高談闊論，後宮甄嬛傳康熙來了。

終於每個人都有智慧型手機了，終於每個人都能循著螢幕上那幽微的光線，如螢火蟲在蒼茫的人海當中發光且憑著ＧＰＳ系統，得以定位彼此。

定位容易，相遇，卻又何其困難。

幾年前，二二八公園北側的圍牆拆除了。從館前路一側進去，有人說公園於是更加寬闊而大氣，少年走回花架下，在那兒坐了一會兒，卻只覺得像是城中之城頓失了障蔽，像整座公園亮著，裸著，那確實已不是十六歲那年的風景。公園裡，遲歸的男女們快速通過，吞沒在捷運站晃亮的入口，少年習慣性地打開智慧型手機，交友軟體上顯示著周圍男同志的距離，百來公尺，不到一公里的，有數十人。

青春鳥在不同年代破殼而出，披上新生的羽絨，飛落公園那澄黃的光線。

或許，這世代的青春鳥已不再需要新公園，「去公司上班嗎？」的問候，更已成為白髮宮女話當年的談資。但這座公園依然時常令少年想起。這座公園定義了黑夜最深邃的所在，它從各個角度與不同的故事當中，定義了青春之所以為青春，安樂之所以安樂，那不同的理由。啊，孽子們的聚首與步行從一座公園包藏的慾望，寂寞，與羞恥開始——不是為了更深的黑暗，而是在台灣，同志文化發展數十年，前方，或許就在不遠的前方，會是少年們所渴盼的白晝。

*

接下來的那些時刻，少年參與了各色社會運動。認識到，在台灣作為一個海島的「混雜」性格當中，正是這些衝突與對抗，形塑了現在的台灣。而二二八作為政治的文化的族群的衝突，重點始終是少年與自己的同胞們從中學到了甚麼，而不「光是」賠款，道歉，紀念碑。

在二二八事件連死難者人數都眾說紛紜的狀況下，背後難道不是「象徵」了其所衍生出來的各種「道歉」都「只是象徵」、只是虛應故事的空話嗎？一段失去主體的歷史如何能成為歷史，又如何能夠被建立、討論，乃至於——真正的和解？追求歷史真實自然有其難度，然而宣稱「二二八已獲得平反」的官方，乃至遲無法得到「真正內心平反」的受害者家屬，讓二二八內爆為一個僅存在於光譜兩端的、毫無交集的光點，而與「這個社會中的其他人都無涉的」事件——因此紀念碑的「意義」消失了。

然而，長此以來對於歷史的迴避、閃躲，以及力圖以一種單純而無菌的道歉賠償「平反」二二八，就註定了這段歷史在「其他台灣人」集體記憶中的缺席。

因此，它就只是公園的一部分而已。

曾有一段時光，少年袖手於歷史的定義，旁觀、甚至不旁觀紀念碑的豎立。未曾經歷那年代的少年們，曾有一段時間不被告知曾經的歷史，甚至不曾知道後來者也有解析歷史的權利。因此青春少年的二八年華二二八，不僅不憤怒，甚至麻木無感。當二二八的記憶與史實僅限於受難者與政府的談判，只限於，那些幽魂般出沒在紀念碑周圍的亡靈，以及亡靈後族的遺產，出現在二二八紀念碑清淺水池底下的爛泥塗鴉，那些個到此一遊，更幽微地折射出了台灣人之於歷史的不知所以，與尚未到達。

又更後來——台灣發生了那些事情，少年也漸漸清楚，逐步明白。好比二二八，好比白色恐怖，陳文成，鄭南榕。那些。是知道就不會忘記了，但仍不免擔憂自己會忘記了的那些，所以必須提醒自己，不要忘，不能忘。

幸而少年的情人說，「無論政府多麼致力於不讓人民知道被掩蓋的真相，發生過的事情，就是發生了。」

少年便與他一齊往前走。

同志權益，豈止婚姻而已

日前立法院首度實質審議婚姻平權法案，讓同性婚姻議題再度受到各界關注。台北市長柯文哲亦在一次訪問中對婚姻平權提出看法，表示「對於同性婚姻樂觀其成，干我何事。我不反對，同志要做就去做，」柯文哲市長並說明，「尊重與鼓勵是兩回事，我會尊重同性戀，但不代表我要去推廣。」

柯文哲一席話在同志社群當中掀起討論，有論者認為柯文哲轄下台北市同志移民實不在少數，「干我何事」措辭隱含「看不見同志」的態度，然另一方面，亦有人主張柯文哲身為台北市長，權責上與同志婚姻立法並不直接相關，因此「干我何事」僅是陳述事實，邏輯上並無瑕疵。後續再有論者指「干我何事」乃是異性戀本位的特權，能夠這麼說的男異性戀立場發言，此一說法會讓同志感到受傷、失望，也實為無可厚非。雙方立論多面開展，在此表過不提。

然而事實上，同志權益豈止婚姻而已，要說同志權益與福利全與地方首長無關，亦非正確的陳述。

地方首長可以為同志做的其實很多。

即使地方縣市不能逾越中央立法單獨承認同志婚姻，仍可在醫療、稅務等細節福利上推動改革，承認同志伴侶的權益，落實職場與校園的性別平權，不一而足。以加拿大為例，該國的「婚姻平權」走的正是「地方包圍中央」的路線，以各省政府為首的地方機關率先在實質上訂出了同志伴侶在醫療保險、退休金、社福照護、醫療決定權，乃至家暴保護等面向的處理方式，最終方在二〇〇五年完成全國層級的立法，順利完成婚姻的平權建制工作。

地方政府若有心要做，可以做的事情，其實非常多。

光就地方政府權責來看，除了上述面向，還可直接在人事規章上，將市府雇員的同性伴侶視為配偶給予婚喪假期，亦不失為可以推動的方向。

比較可惜的是，當柯文哲市長說對於同性戀「尊重但不推廣」的時候，某些同志耳中聽來，彷若「我不覺得台北市長可以為同志做什麼。」

但包括老年同志的照護、地方中小學的性別教育實踐、公共空間性別友善廁所的設置、致力減少校園中對非主流性別氣質的霸凌……等等，乃至台北近年來以對同志友善的城市氣氛，儼然已經成為亞太地區的同志旅遊勝地，坐擁龐大旅遊收益，實已不該讓同志權益的推廣與相關施政方針繼續缺席，而可以順水推舟張揚台北城市文化對性別多元的包容度，進一步塑造己身為亞洲同志首都，以「人權城市」為號召，拓寬台北的國際能見度。

一位在英國念書的女性友人說，旅居海外時，日本同學得知她來自台灣，便主動跟她說他來過台北五次——因為他覺得這座城市「對同志非常友善」，有別於東京的壓抑、首爾的保守，台北對他來說是個很棒的度假地點，「就像亞洲的舊金山。」

而在一堂剖析華語電影的課上，她更有兩位以蔡明亮電影為研究主題的葡萄牙同學語帶興奮地說，「台北是我們去過對同志最友善的城市之一，」而她這兩位同學都是異性戀。

對他們來說，台灣給他們留下的印象是台北市對同志文化兼容的那份開放——這樣的台北形象，顯然比砸大錢在任何國家做廣告推廣城市觀光更有說服力。

的確柯市長要做的事很多，要照顧的團體更多，市政多如牛毛，凡事有先後緩急。但他代表這座城市的大家長——這可是一座轄下擁有台灣最多同志移民的城市啊——倘若台北市長都不覺得「能有什麼他可以為同志做的」，只怕性別平權在台灣其他城市、在這個島國，仍是一場迢迢的夢。

確實任何一個異性戀都可以說「同志婚姻，干我何事」，然而一個市長，與其他人不同：地方首長擁有高於其他人的權力位置。

這也是所有政治人物無可規避的責任，而不光是柯文哲市長的事。

政治人物必須思考一個對其他異性戀男性「不是問題」的問題。同志不只是

「議題」，同志們理當是「公民」。因為政治人物的權力位置，他們必須成為能夠思考同志問題的異性戀，他們被期待主動理解「人權」，主動理解同志，而不該僅是以職權上的邏輯直陳「干我何事」。舉例而言，若地方首長有心，公務行政機關首長本就被賦予權力決定行政機關成員准假的細則施行內容，程序上地方首長若要核准轄下員工的假期科目，只要簽核了，便意味著此一項目可以「合理執行」，首長就是地方自治的執行人，他的意志就定義了在其轄區內的「權益」如何能被法治化。

而這就是地方首長的權力所在。

柯文哲市長不反對同志，但他還可以做得更好。身為台北市長，他尚有很多可以被期待的：他可以「不推廣同性戀」，卻可以「推進同志權益」。台北市長的政治與民意影響力，更讓同志社群對他有更高的「進步人權」期待——由於地方首長擁有權力，所以，公民本應可以要求、期待或者是遊說首長對許多「不是問題的問題」進行比一般人更多的思考。這是權力相生的義務，更是政治人物無可迴避的責任。

性別平權，從來不是只有婚姻一件事而已。

在專注於批判法務部對於婚姻平權的顢頇態度、乃至立法院法制委員會的牛步之餘，我們仍可以不斷對地方首長訴說，「其實，還有很多可以做的。」期待台灣成為一個對任何性向的人，都更加友善、兼容的島嶼。

年關斷捨離

年關近了，總是得開始陸續整理房間，幾個櫥櫃的東西，放在上頭的沾了粉塵，裡頭的，則泰半夾帶了時間，記憶，種種。

四處散落這些那些，像是瓶底的乳液以為它給密實地封著卻仍乾了，過去的所謂整理不過是排列了，表面齊整了，便又整箱推回床底下，關上櫃子門，這樣年復一年。箱子還是箱子，信簡還是信簡，書架與地圖，染塵的擦乾淨了，隔年還是撲灰的樣子。今年我再次把三兩雜物拖出來，狠下心不再逐一細看，沒打算明年再見的那些，半是灑脫半是揮別，將它們全掃進大袋子，扔了。

也知道，面對舊物自己老是太過纏夾。

有些小東西沒那麼重。好比大學時學弟妹送的紀念品，那拗折成我英文姓字的簡易鋼絲相框，或幾疊小時密密藏藏的機票戲票電影票存根，纍著，疊著，這時看來，不論是感熱紙或雷射印表，色澤也早已褪去，鋪白的紙張像曾走過的路盯視過的螢幕，時間自是平等的把戲，也不知怎麼一念間想把票根留下以為自能留住時間，天真的自己讓人失笑又愕然。

有些表面上很輕，底下，壓著的時序之類，歲月之類，葉脈般攀生我的記憶四處，彷彿春夏秋冬芽了綠了，黃了又枯了，卻令人不敢回望。

好比曾喜歡的人的結婚喜帖，後來聽說他和她兩人生日共同的巧合，在那相片裡笑著，兼是洋溢，兼是刺痛著我的不曾擁有；好比，那年深冬憂鬱症的診斷書，診間的光線彷彿還在而醫生的身形寬厚像一座山，一個父親，怕是看了，會把我拉回那幾年最黑暗疑懼的時光。

該記得的，本來不會忘記。

藏在身體深處或某處曾存在的牌招也會提醒，城市都是存放記憶的膠囊。年關在前，布新可能尚待努力，但仍有除舊之必要，捨得之必要。

也無須斗室積累書蠹蛀蝕來逐一提醒。便都丟了吧。

該斷當斷，當捨，該離。

可丟東西何其容易，理理整整，不易清除的則是那些曾相信曾倚仗的價值，一夕間終於必須接受它已毀壞細碎成另一種相反之物，或者其他——那又豈是拖著幾大袋雜物往地下垃圾場前進，那短短路程便能捨離的？

好比，年前那週五的《中國時報》報頭，一封署名「台商蔡衍明」的公開信填了滿版，不辯自明地坐實了日前社會對於商人前進媒體的疑慮。自然，報紙頭版不是不能廣告，為了政治目的買下聯席報紙頭版做全版廣告的例子也並非沒有，但報紙歸報紙，廣告歸廣告，此一單純的交易行為又如何等同於報老闆將自家報紙當成隔空喊話的公布欄，直截把新聞平台當作了放話的工具？更透底的意圖，則無疑是想要澄清、甚至扭轉近日的新聞風向。啊，難怪，富人們總是意欲買下媒體，讓自己政治經濟的貫串版圖更具影響力。

那頭版，怎麼不讓人掩卷嘆息，偏偏對《中國時報》，我又是格外有些情感。

楊澤先生還在的人間副刊正是我第一個舞台，將我的文學帶給更多人，再是眾多令我敬重的新聞工作者，一路來演繹著關乎於甚麼是新聞，而甚麼又是報紙該為當為，更重要的，是記者的典範與風骨，並不因蔡衍明入主而變。是以當時文化界醞釀著對《中國時報》的反制與抗衡，我雖挺身反對媒體巨獸，但並未就停止在時報發表文章具結立場。

有些緣分很長，幾年的時間，說來卻也不短，有些時候會讓人回頭想，總是該結，該清，該了的時刻。

楊澤先生已經退休，何榮幸、高有智這些師長輩的記者們陸續離開《中國時報》，農曆年前不久，維菁學姐也揮別待了七八年的文化三版；人們相繼離開，一份報紙，自然也漸漸不再是我所掛念的原先的模樣，終於到了告別的時候嗎，我並不確定。不意間，從書架上取下一落舊紙張，剪報之類，檔案之類，我原想別再逐一翻閱它們了，但新年在前的種種就是用來打破與拒絕遵循。

其中兩張報紙，前後是二〇〇七年與二〇一〇年的中時人間副刊，同以〈租賃街〉為題的短詩一首，散文一篇，共同的主題鋪張開來想說的不過幾句話：「**租賃街上，你所目擊的一切都有保存期限，或者即使不相信還是會到來的那一切。**」再怎麼不願接受，青春期畢竟已確實地過完，關於某些人，某些事，以及留存在我這兒尚能憑弔的小小物件，還有甚麼理由非得留下不可呢。

邊整理房間，邊思及蔡衍明那封公開信，或許已是時候，讓我有個自己的決定。

年前清掃整理畢竟所圖的也不多，不就是個人事清淨。

往常清掃總令我噴嚏，令我過敏，像那些渣滓塵埃搔癢了氣管裡的絨毛還未鎮定。但今年，我做出幾個決定，掃清了那些積累的灰塵，飛灰飄起又落下，我並未有甚麼淚水與鼻涕。
彷彿灑掃清潔了，我便不會再為記憶過敏了。

當我醒來我記得恨

颱風夜我做了一個夢。

我以為年紀愈長，夢境會隨生活清醒而愈發模糊。生活本身太過明確，過分銳利，因此深夜時分所錄的那些嗔痴癲狂，比不得醒過來時的現實感來得強烈，來得清晰。我以為我不再有記認夢境細節的能力。

卻顯然不是。我誤以為一切業已消逝的夢其實正在往日常生活的內面快速塌陷。讓我忘卻，若不願再記得。

那是熟悉的校園有座歇業的咖啡館，我前往高樓的教室準備一席演講。題目很難，問題很大，在一座滿是現代詩集的圖書館裡我問了全場一個問題：「誰能夠舉給我六首詩，裡頭有『影子走過無人海岸的防風林』這樣的句子？」我等了會兒，並沒有人能夠立刻給我答案。台下的學生急於翻找詩集，我坐在台前，悠悠蹺起雙腿，想起我也曾經有那麼多被為難的瞬間。我微笑。微笑的瞬間我快要落淚。

那是每一個被詢問最艱難問題的時刻。

比如說，你記得愛嗎？你知道愛是怎樣一回事嗎？害怕刺青跟害怕被世界傷害，哪個想法比較天真？我不曾記得自己問過別人。今夜的月正圓。下一個句子則是，「雨已經來了嗎？」

雨確實來了。那時夢裡我們正前往各自彼岸，各自盛放。我們看著夕陽它用等速下落，落得很急，天這樣黑了。我們開始在黑暗裡奔逃而整幢大廈正在向內陷落。像生活。像夕陽。像每一滴雨每一場夢境。所有撐起城池的磚瓦。陷落。而生活是一場迷宮，夢境也是，我分不清楚邊界在哪兒我只是聽著身邊的人們彼此告知，「大水正從樹的那一側淹沒」。為何是這樣的句子我被那鏡面中的每一個自己突襲。樹在哪，夢在哪，水沒四隔，幾乎無法呼吸。

「若雨水是針在你的瞳孔。」那樣的疼痛我不知道。無法呼吸。哪兒是我的肺，誰又能是我的鰓。

拯救我。在一場大雨裡無人同行。並不能夠。我獨自穿越一個又一個無止境的房間我尖叫。耗盡每個肺泡的氧氣。

第一個房間有人對我亮出雕花的皮夾。第二個房間另一個他。第三個房間她告訴我他有一雙全新的皮鞋。牛津刻花。他要我帶走他。我說我不能夠，他問我，為什麼，但我不知道。我說，「大水來了呵。」第四個房間已被淹沒。第五個房間。第六個。還是房間。我問我自己，他們都去了哪裡，太多的細節像那年陰暗的店招，晃啊晃，在風裡，雨裡，一個擁抱，一個親吻。

但沒有愛。水退去。像我們愛過了然後發現那裡空無一物。

空無一物的記憶。最疼痛的記憶最為艱難的問題我不應該問你。我為何記得或許我並不想要記得的。記憶只帶來更多的磨耗消損，每一張臉每一個人。

同一雙鞋雕花的細節。卻仔細想想我並非憎恨他們全部。
無詩無歌的生活當我醒來我記得恨。
而你愛我嗎我想問——你知道愛是怎樣一回事嗎？

變成大人之後

桃園本來多埤塘，一口口陣列在平原上，和棟棟廠房錯落著經過了窗景。高鐵帶著你三兩小時往返台北新竹，車窗外，旅途上有著好的陽光，你忙，陽光也忙，曬得你心頭發疼。

變成大人之後你總是工作。你還是一樣往返在台灣西部走廊的軌道上，只是高速鐵路讓台北新竹近了，讓台中近了，你不再搭漏夜的自強號莒光號。變成大人之後日子成為自我的重複，風仍是風雲仍是雲，抄襲自己的，還是只有自己。你記得陽光，不記得陽光何時遁隱，高鐵列車越過足底公路幾道，都已亮起初冬的車燈，排著，排著。你記得季節，但不記得季節何時更迭。

卅分鐘的高鐵車程，能想些甚麼。

時間是奇妙的把戲。

變成大人之後你還是記得公路上偶然的隧道，但不記得隧道這麼地長。

手機搜尋著訊號，時有，時無，斷了又連上，又斷。你焦慮地回覆著每一則手機螢幕上跳出的訊息，窗外幽冥的燈火，指示著島嶼的暗暝，變成大人之後，你記得工作的日子都是如此，但不記得工作之間如何氣溫已下降。你記得城市的名字不記得城市。風城漸遠，星火漸亮，冷冷的眼睛看著，熒熒之光，像尋找著基地台微薄的電波，都是你，都是自己。

他者都是海洋。

變成大人之後每天起床你都期待會有奇蹟發生，將你拯救。你期待走在每天相似的路上，總有一天會等到柳暗花明。你憂懼於離開生活，卻期待能看到與昨日截然不同的奇觀，想得到更多，卻毋寧更害怕失去。

有時你期待城市崩毀，有時則期待新的曆法生成，你許願。你祈禱。你無比虔誠，每天都想要當一個正直的人。

當你變成大人，節氣還是節氣，月曆跨入九月你覺知此刻節氣已經前赴了立冬。你記得你自己，高速鐵路快得人記不下任何文字，直當列車加速思緒便散了。變成大人之後你記得遠遠的海，不記得何時一封信能真切傳遞到海那邊。並無軌道相連的城市，時間都是距離。

你記得在有班機降落的地方有人等你，卻記不得是如何彼此信守了此在與來生。

時間是把戲，速度也是，速度使距離成為奇妙的把戲。

快步過去的光景裡邊你想——甚麼都過去了，時間會過去，景氣也是，季節很快進入下一個循環，有一口埤塘邊上立著排樹，開著甚麼白的花朵，定睛一看，卻是小白鷺站滿了塘邊的枝頭，像雪，像花，棉絮般掛落。

當你變成大人。變成大人之後其實並沒有甚麼事情被真正改變。

有隻白鷺突然飛起，振翅往列車行駛的反方向悠忽過去。啊你多麼想，也想逆反時間而行，想起久未回去的宜蘭鄉間都是白鷺忽湧的行伍，穿破過午的天光，然後降落在涉禽的地域。可這時高鐵的速度很快，來不及眨眼，那白鷺紙鳶般滑過埤塘平靜的水面，看不到了。

你心緒為一個夢而孤懸，且為之零落。忙碌的午後，有一個恍然如夢的場景你來不及回頭盼望，一隻白鷺點綴了你，列車奔入板橋地道時，只剩下手汗把無意滑動的螢幕和視線，都給沾污了。

走出台北車站，回到你居所近處，巷子兩旁的公寓暗暗地垛著。壓著。這日已近滿月，它是不是滿月你甚至不能確定。隔籬是大學的球場，傳出盤球少年們的吆喝與拍打而我慢慢從旁邊走過去，甚麼也看不見。夜真的黑了，雲是冷冷的樣子。你總是希望自己成為大人之後還能擁有些鎮靜的笑容，希望保有白天使勁敲著鍵盤以至於發熱，以至於激切的情緒。

有一瞬間你知道自己已經成為自己不想成為的，那種大人了。你想哭。但並不需要眼淚。這感覺好深。

你必須多走一點兒路。身體卻沒辦法移動，扶著水泥矮牆，感覺砂石粗礫的表面磨著掌心，一輛白色的寶馬轎跑從我身邊過去，好像把夜晚打活了，卻也把你照死了。你停下來。久久停著。感覺時間過去，感覺甚麼在你前面形成一道巨大的灰牆。

「甚麼也不能寫你就甚麼也不是了。」這日子即將終結，明天又是新的一天。明天很近，你只要撐一會兒就好了。

當你變成大人，你學會告訴自己，「再一會兒就好了。」

每天起床你祈禱，無比虔誠，但卻連尿尿都沒辦法全數射準在馬桶裡。日子這樣在過著，過著，無有奇蹟更遑論神啟，新的一天，你還是在馬桶邊上留下一圈黃漬，這才決定明天開始坐著尿尿。

新的一天就這樣開始了。

當你變成大人之後。

七、七

神明業已覆滅，而百鬼正狂歡。在一座吃人的島嶼她叫台灣。這樣的年頭關於你們七，將如何為後代所述，正好就是此刻的故事。

接下來是你們七的事了。它有許多種說法，各種精確各種失焦。都不喜歡被當成英雄。

或許他們會說你們七是英雄但你們其實不是。

世間許多說法。怪力亂神的語言統包小包，太陽花三一八意象符指雞排妹都變成裝飾自己身上的好料。你們七當然不會指的是七個人，或許更多，更多人以為自己才剛給上個世代做了頭七，二七，三七，四七，五七，六七。七七四九摺完了蓮花，還沒死絕的也該燒光了吧，卻並不是，有人巴不得的要弒君殺神同時反死刑，都好。都很好。打卡下班上傳LINE問說今天樂透買了沒。簽一一二九啊，簽了就知不會中。沒大不了。

人死後四十九日，三魂七魄俱已湮滅不再。直至百日還在你們香堂頂禮的煙渺啊，求的不知是甚麼。

世代靈魂的遺產遺緒遺物都在了，掃不清的說不完了理不整的那些。七年〇班那人今年已三十五了，該死，該死。老得該死的皺紋露出來的輕熟女，幹，怎麼不把你一齊給燒了？黐線啊你，頭上敲出一個老大爆栗關於七你們有許多的說法。你們七辦了百日要請走老世代的靈魂煙灰，怎麼還沒又一個百日，甚麼都回來了。

關於你們七有很多的說法。你們七，當然不是七個人。平常走進健身房那人，不知道長時間練出來的臂膀可以用來推扛警察的拒馬。只是小心別被倒鉤扯傷。扯傷了就會有男護理人員來給你包紮。挺好的，護理人員不再是女性獨大了，你們七。但更想不到的是都二十一世紀過了十五年怎麼還會有水車攻擊抗議群眾的戲碼，你們七的其中一個，早晨才拿了本散文集給作者簽了名，在水槍底下的帆布包自然抵禦不住，那書便爛了。爛得像一個隱喻，「文字，無法抵禦暴力。」幹你馬的誰知道啊！鬼正狂歡，究竟是誰要出來選二〇一六，希拉蕊・柯林頓！另一廂也喊中華民國第一個女總統！台灣女總統！那廂呢，白副總統和沒有敵人的院長也暗自盤算，攤牌時間誰也抓不準。

莫再算，莫再算，算盡機關太聰明的就是王熙鳳。

好了好了可以請鳳姐兒下去了。退！

你們七。很多人靠爸靠母念到建中北一女台大，還有的放洋了。有人變成外商銀行卅年來最年輕分行經理，還有個在國際零售巨擘來台展店計畫中，占據專案經理要職。還有幾個，下了班寫寫詩喝幾杯酒掉無人憐憫的眼淚。都好。他們一個個，一種七。頂尖七。氣死人七。但不要緊。只要他們失戀還會哭，看一場舞仍會感動，就是你們七。

解放乳頭七。彩虹七，永遠不怕超越疆界或說他們的疆界是浮動的。曾經是陽剛男同志的下一秒鐘就是扮裝仙子「Alcoholic-MAKE-UP」，然後原本面容冷酷的鐵T突然換上彩虹蓬蓬裙跳起蔡依林，嚇壞一屋子人的下巴，「怎樣，不可以嗎？」你覺得她突然變得好美。露出乳頭又何妨，《無垢舞蹈劇場》都已經解放乳頭解放了二十年，你們七這才看見典範在夙昔並非毀祖滅宗就會有大解答從屍身中站起。很好。其實就是好玩。好玩的時候「忍住不笑，就會出現莊嚴氣氛」對不起鯨向海你不是七了，姑且稱為，榮譽七吧。

流浪人七。因家有變故突然離散了台北，回到中和嘉義中壢台東花蓮的七們，你們比喻人生如一趟旅程，讓張懸七祝福你旅程中的幻覺與沿途的平安。時代是候鳥的遷徙，又彷彿是旅鼠們的大行軍——並不一定會有安穩終點的，那種死。也好。勇氣是壯遊唯一需要的品質嗎？為他們七帶回來捨棄的勇氣，因此你們七要活著回來。給你們活的擁抱，然後再把這些都傳承下去。

纏綿的人生七啊，難捨的愛。浪人七。

便利商店七是最值得敬佩的一群七。你們七啊三頭六臂，化身DAIKIN拖把的七隻腳走來走去免得店裡給雨後的泥汙踩髒了你們是最勤奮的一群。補貨進貨結帳煮咖啡倒冰淇淋收快遞餐務區清潔工作都是你們一群七。通才教育就是這樣了可惜就沒人明白，吾少也賤，故多能鄙事，大概就是這樣道理。吹著泡泡糖的少年想轉工，打聽的時候，朋友說你們店裡有人上打烊班，倒炸油的時候不小心在廚房裡滑倒了你知道，那鍋，可滾燙的啊……另一廂，壓低了聲音的像傳遞一個祕密，不要吃你們家的泡菜了進貨的時候，整袋像扔死屍垃圾一樣的摔在廚房裡……還有某連鎖咖啡店，冰櫃裡的糕點愈是稱「好吃喔」愈近保存期限……零工七。同樣的哀愁。

是覺得孔夫子那句話該換一換——子曰，吾少多能鄙事，故賤。

你做過很多份打工，才知道這世界真的很賤。

二十一世紀過到第十五年，你們二十世紀七少年都已長大成人。

二十世紀七少年有的上班了，創業了，自食其力開了咖啡館在商業區背後的羊腸小巷，有的再念了第二第三個碩士，有的呢，兼作手工小玩意兒在咖啡館跟創意市集兜賣。更多的，則在商業大樓裡上班上網上Facebook，上得爽快，上得憤怒。想到這些為甚麼不公平，台北房價高了又高，香港也是，殺到見骨了你們還要活幾輩子才能買得起住得近。可你們七，每個七，生來只有一輩子。

索性收工等車。敦北仁愛站牌那有不少人。七又想了想，那多年前許下去心願的現代詩劇要怎麼開頭。一會兒，七個顏色各異的娃，嘻嘻笑笑好不快活絡繹，想來是對面小學走出來的吧。而他們的父母自然形貌各異，卻都大抵是都會中產階級的伴侶，除了一對讓兩個媽咪接走的小男孩。

還有個娃，上了保時捷。

你想，他們這在以後的台灣，成長，茁壯，然後誤入歧途。想著就感覺，很好。

七個娃兒會是七種可能嗎，或者更多。你不知道你當然不會知道他們如此同一的背景，能夠開出多麼相異的花嗎？曾有一個豪門七，她被派駐到香港某公司的策略營運室做總監了。她說，其實沒甚麼好，賺得多，回到公寓，還是想吃金峰魯肉飯。

魯蛇七們這可跳腳了。滷肉飯是魯蛇的食物。你們要捍衛。捍衛。無限期支持！拆大巨蛋，在文化公園裡吃滷肉飯。

突然頂尖七走過來，說，這假文創的大樓還需要甚麼更多百貨公司呢？設幾條腳踏車道不是很好，設幾個狗貓公園，不是也很好。能看到天空的地方就不需要大巨蛋的遮蔭了不是嗎。魯蛇七說，可沒有腳踏車。也沒有犬貓。頂尖七說，幾個獸醫院串聯起來，可以做TNR的，歡迎大家一起來。以領養替代購買。你們七一起。車？去牽U Bike啊，都有繳稅了。

還有虔誠七，走保安宮去，領受保生大帝神農大帝關聖帝君玄天上帝和大雄寶殿三尊、玉皇大帝瑤池金母的多元成家，頂好的。其實多元成家——誰說佛道神明不能成家的呢？那宮頂白亮亮的光色卻又謙卑，照了水泥的宮頂寶塔雕塑莊嚴而不威逼。禽鳥降落在你七的身邊，望水盆裡銜兩口水，撲撲飛了又走。走遠些啊。別再回到這世道來，七的世道。祈願保生大帝令你們的時代能有一次莊嚴的修復。只要你們七。共同起來。面對前方。岐黃醫者治癒這一切時代騙術。卻又偶遇虔誠七在地藏王尊下遇得手臂粗猛男士口中經綸連綿不絕，好奇虔誠七便問，「有甚麼是我你可以幫你的呢？」那手臂粗猛男士竟有過世朋友令他哭泣不能自已，好了，好了，你在，你們七都在……

在這樣一座島嶼上，你們七，總是活著，希望能得到快樂，一顆熾熱如熔岩的心落入魁偉的冰棚，無法分辨那空洞的疼，是灼傷了還是凍出了黑紫的傷痕。

經過這些年，你們七長大了。

長大，僅意味著你懂得了人生活到這個歲數，其中必然有些時間已被報廢。

夕陽從冷澈天空沉入地平線，眼底有些乾涸。乘上了對向列車，回頭，晴爽的天空中沒有一片雲，金星在冰藍天際熠熠如鑽石。列車又即將回入內湖城區你們七閉上眼睛，曾經以為，那年即使二十歲少年回答了不同的答案，但再怎麼伸出手去，也沒辦法抓住那遙遠的星辰。

可現下少年七你想，還來得及的啊。

即使鬼正狂歡，神明業已覆滅，這島嶼叫台灣一度吃人。可台灣亦孕養了你們各式各樣的七，等著你們七改變它的未來用各樣的方式語言行動挖掘最深的坑道。焚燒百日維新的證據，並期待一個更好的解答。你們七知道，在你們手上，民主不是婉君，是邏輯與是非的戰鬥。

誰幹得好，就使盡力氣拱上去，幹不好，就拉下來。

你們七不再迷惑了。漸漸無須迷惑了。這座島嶼它的名字叫台灣。

台灣就是你們七的母親。

婚姻平權大小事

二〇一五年十月底，台灣發生幾件大大小小的事。第十三屆同志大遊行落幕了。呂欣潔公開舉辦辦桌婚禮了。蔡英文公開表態支持同志婚姻了。朋友L肺部手術完出院了。瞿欣怡的新書《說好一起老》上市了。朋友G在雞雞上貼滿「同志婚姻法制化」的粉紅色貼紙風華絕代地遊街去了。我終於成功跟苗博雅合照了。談到同志，護家盟還是只想到人獸交了。這幾件事情，大大小小，不太相關，也相關。

然後那個週末結束，新的一週開始。台灣有些大大小小的事情則尚未發生。

同志還是不能登記結婚。L的男友W仍然不是在他手術同意書上簽署的那個人。國民黨尚未下野。

時間繼續運轉。

這幾件事，大大小小。有些相關，也不相關。

那天，在同志遊行的紫色大隊宣傳車上，苗博雅聲嘶力竭告訴大家，「我們就是要推動婚姻平權，而那也是我今天站出來競選立委，一個重要的理由。」跟在車隊後面的我，情不自禁高喊，阿苗我愛你。而同一天的早上，蔡英文在網站上的錄影說，「我是蔡英文，我支持婚姻平權。讓每個人都可以自由去愛、追求幸福。」卻在同一天稍晚的新聞訪談裡頭，蔡英文說，「社會有很多人支持婚姻平權，但是也有很多人持保留態度，這是一個整體社會必須一起面對的議題。希望在處理的過程中，社會不因此而對立、分裂，大家都能夠理性的以團結理解的心態來處理。」像極了她在各個場合談統獨，不談統不言獨，整體社會必須「一起面對」、「共同決定」。正確的事，端視我們有沒有足夠的智慧可以一起面對，共同決定。

同志婚姻不只是一個民法的議題，民生的議題，它同時還可能決定了一個國家的人權位置與高度，以及，台灣該拿甚麼與中國談論「維持現狀」。如此而已。同志婚姻是當我們談論「國家正常化」的同時，如何讓每一對同志伴侶的日常生活也「正常化」的鑰匙，如此而已。

呂欣潔在婚禮現場說辦一場辦桌結婚，不過是為了讓人們看見，同志的生活如此普通而平凡。瞿欣怡則在《說好一起老》——那是一本陪著她十五年情人阿逑歷經乳房腫瘤檢查、確診、接受療程的陪病日誌——的自序裡，寫道成書過程中她不斷把文字改得簡單，更簡單些，也是要讓人了解同志的日常生活，沒有甚麼偉大，談到底，也不過就是平凡的相處，失去的恐懼，以及到底到底，要那些愛被看見。

L出院後，我與他碰頭，談話間他描述著自己在五小時的手術後，父親對他形容自肺部切出來的兩塊組織，「一塊這麼大，一塊大概這麼大。」他用兩隻手指比了一比，一次間隔窄些，一次間隔則寬些。我說，你爸怎麼會知道得這麼詳細？他說，手術完，從你身上切下來的組織，都得端在那個不鏽鋼「餐盤」上，給陪同的家屬看看，第一個看的，當然是我爸。我說，你手術住院那幾天，W有沒有上來台北？他笑了笑，說有。但想也知道，跟L在一起十七年的W，肯定不會是那個能夠獨自陪伴著他，幫他簽手術同意書，晝夜陪在醫院裡的那個人。

愛總歸是形上的。可相較於每一對同志伴侶死生契闊的廣袤的愛，日常生活，則無法避免地，形下得讓人畏懼。

或許是我自己年過三十，身邊同年齡的異性戀友人陸續結婚，年長的同志友人與他們的伴侶則每過幾年，又老去一些。隨手數來，那對老師在一起已經二十二年，那對一齊經營咖啡館的朋友們則也同行超過十五年。我們都在變老。有些人病了，有些人自殺了。幸運的有人陪著，也有些人面對生命，老了，病了，死了。一個學長說，自己大學時代的法文老師，他三十五年的同性伴侶日前因病過世，身後的遺產，縫隙裡留下的生活，該如何處置，對那留下的人，更是折磨。

多數形上的煩惱擔憂隨伴侶的生老病死而來，我們卻需要更具體更明確的法制，幫助每一對同志伴侶處理形下的生活的難題。

難道，只是只是，因為他們是同性的伴侶，就要註定他們的愛不僅不能公開地被祝福，還要在尖刻的死亡與疾病恐將帶他們的另一半遠行之前，給予他們更多的磨難嗎？

同志大遊行走到第十三年了。是的，我們彷彿往前走了一些，但關於婚姻，我們還在原地。是的，每一個人對同志平權、婚姻平權的支持確實都應該被感謝，好比天后張惠妹不知第幾次在唱到〈彩虹〉那曲目的時候，大聲為同志朋友宣揚愛的平等。愛是唯一。我們歡呼，我們說，阿妹我愛妳。但當台灣有了一個新的總統，她應該告訴我們，同志婚姻平權這件事情如何與她不斷提及的，那個「更好的台灣」連結在一起。

台灣甚至可以在談論兩岸「維持現狀」的時候說，「我們期待中國在各項人權領域與台灣都能齊頭並進。在那之前，我們將不討論任何改變現狀的選項。」而那，當然可以包含同志婚姻。

我們不可能在談論國家正常化的時刻，迴避有一個那麼簡單、那麼容易的選項，能夠讓同志伴侶的生活「正常化」。一起繳稅，成為彼此的保險受益人，替彼此做出醫療決定。陪伴。一起變老，而不必害怕無論誰先走了，要在生前，用繁瑣的每一道民事契約約定一齊負擔貸款買下的房子能夠留給當時共同生活的人。如此而已。只是希望蔡英文能夠告訴我們，她將如何在此後的時間，開始推動——而非只是「支持」同志婚姻——如此而已。

生活的大大小小事，並非每件事都必然相關，但也不可能全然彼此無關。

同志要的，不過就是能夠擁有選擇是否要進入婚姻關係的自由——沒有藉口、不是詭計，承諾彼此在婚姻當中將承分擔責任，相互守護，無論疾病，無論老死——那麼簡單的事情。如此而已。

現在就是推動同志婚姻平權的時刻。

【代後記】

不如在家吃

Mr. L

過去數月的天氣始終怪怪的，眼看已踏入新一年了，天氣就是冷不下來。整個冬季都十分和暖。忽然強烈寒流來到，溫度一口氣降至五度以下，唯有在這種寒風跟微雨夾雜的天氣，感覺將到的農曆新年，氣氛方會強烈一點。

數天前朋友才傳來短訊，問要不要團購糖果糕點及罐裝鮑魚，全部都有打折優惠。想想農曆新年快到，是應該要張羅一下過年的東西。去年就買了罐裝鮑魚，但是最後弄出來的效果不是太好，所以今年不會買了。

糖果應該買一點即可，年糕蘿蔔糕也已經弄好，年夜飯卻是不能不吃的。本來還想省時間，外出吃吃又或是叫外送好了，但左看看右看看，好的選擇真的不多。不是太貴，就是菜式普普通通，看到菜單便吃不下去了，年夜飯又不能吃西餐，所以今年的年夜飯還是決定在家裡吃。但是要弄一桌人的晚餐，總還得要花點時間心思。

記得上一次下廚弄年夜飯，已經是很久以前的事，應該是在舊居那邊。

仍然記得舊居廚房內用來儲水的那一口大水缸，新年有時買了活鯉魚，就放進缸裡面養著，到吃的時候才宰。小時候看到鯉魚在缸裡游來游去，很想用手去捉牠。但從小就不愛吃鯉魚，可能是不知道怎麼煮鯉魚才好吃吧。

那口大水缸的另一個重要用途，卻是用來釀糯米酒。把煮熟冷卻好的糯米飯，加上酒餅及燒酒，全部放入大缸，外面包上厚厚的毛毯，等待三十天便完成。之後把酒高溫處理，便可以放入玻璃樽儲存，要喝的時候才加溫暖熱起來。至於餘下的酒糟，可以用來煮鷄，煮蝦又或者煮鹹菜，真的是可以物盡其用。

不能說小時候家裡缺少吃的，只是物質欠奉。而每逢節日都是在家裡吃，畢竟家中人口不少，小時家庭收入不多，在家吃較省錢。菜餚亦比較一般，但滿桌的人吃吃喝喝，實是溫暖的回憶。

每逢節日，白斬雞當然是不可少的一道菜。要弄得好吃其實不難，可要弄得難吃也很易，分別是火候、時間及技巧。小時候家裡吃的白斬雞總是不夠嫩滑，主要因為收入不多，一隻雞兩樣吃法，在熱水中一直泡，當雞熟了，剩下的便是雞湯，放些素菜就成了另一道菜。

時代不同，物質豐富了不少，各種各樣的冰鮮凍肉在超市都可以買到。當然，食材還是新鮮的最好，特別是魚，煎封紅燒，河鮮海鮮。但是很多人就只愛吃蒸魚，取其作法簡單，調味較少。

現在大部分的海鮮都是養殖，價錢也相對便宜不少。小時候吃不到的，凡街市現在隨時可以買到。蒸魚是有一定難度的烹調方法，魚蒸了是當然一定能熟，但是多蒸一分鐘少蒸一分鐘，對那尾魚的口味都能夠造就差異。

為了弄今次的年夜飯，一星期之前已開始研究要弄甚麼菜。網路上其實有很多食譜，YouTube上也有很多所謂廚神教做菜的節目，幾多年前都想不到競爭那麼激烈。所能想到的菜式均可在網上找到食譜，不喜歡這種煮法，就找另一種，又或者兩種煮法合併起來。但是要一桌菜安排得宜，卻不是那麼簡單。哪種食材要到哪家店採購，哪幾道菜要先弄好，而哪道菜可以冷盤上桌，很多細節都要事先規劃好，不然滿桌冰冷的菜餚，又有誰喜歡吃呢。

說到食材，還是喜歡去逛逛街市，感覺比較新鮮及便宜。某次兩個人要在台北做菜，睡得晚了些，中崙街市已經打烊得差不多，僅剩下些賣相不甚好的蔬果。沒辦法，最後去了忠孝東路上一家有名的超市，隨便買買一些普通的食材，冷凍魚，切肉，竟花了數千元，同樣的東西在傳統街市上買，應該只要一千元吧。

看這看那，最後決定好弄幾道菜出來：白斬鷄，紅燒五花肉，炆鮑魚，焗甘蠔，蒸魚及其他幾個小菜。

白斬鷄要用新鮮鷄，預先訂好，還要有足夠的冰水，不然鷄熟了若不能急速冷卻降溫，肉質便嫌不夠嫩滑好吃。五花肉則要先用熱水氽燙數分鐘，先沖洗後才可以煮，炆煮時加入黃糖，方能夠更加入味。

今次的炆鮑魚選擇用了鮮鮑，因為比較便宜，不過做工要十小時才可以完成，首要材料秘訣沒有其他，即是耐心。焗甘蠔相較下只需要五分鐘，而最重要的卻是一個焗爐。至於蒸魚，就要等到晚餐時間接近，差不多開動了才開火呢！

說真的買食材都只是花了不多的錢，當然還是要事先花了幾天計畫張羅，但是一家人坐在一起，吃這吃那，喝喝糯米酒，那種溫暖，不是花了錢就可以換得到的。

有些日子，就不如在家吃好了。

【2016新書發表會】

羅毓嘉《天黑的日子你是爐火》

2016／03／26（六）

主講人／羅毓嘉

時　間／2016年3月26日（六）p.m. 2: 30

地　點／誠品信義店3樓Forum

（台北市信義區松高路11號3樓）

洽詢電話：(02)2749-4988

＊免費入場，座位有限

國家圖書館預行編目資料

天黑的日子你是爐火／羅毓嘉著. --初版. --臺北市：寶瓶文化, 2016.03
面； 公分. --（island；255）
ISBN 978-986-406-049-8（平裝）

855 105003182

island 255

天黑的日子你是爐火

作者／羅毓嘉

發行人／張寶琴
社長兼總編輯／朱亞君
主編／張純玲・簡伊玲
編輯／丁慧瑋・賴逸娟
美術主編／林慧雯
校對／張純玲・劉素芬・陳佩伶・羅毓嘉
業務經理／李婉婷
企劃專員／林歆婕
財務主任／歐素琪 業務專員／林裕翔
出版者／寶瓶文化事業股份有限公司
地址／台北市110信義區基隆路一段180號8樓
電話／(02)27494988 傳真／(02)27495072
郵政劃撥／19446403 寶瓶文化事業股份有限公司
印刷廠／世和印製企業有限公司
總經銷／大和書報圖書股份有限公司 電話／(02)89902588
地址／新北市五股工業區五工五路2號 傳真／(02)22997900
E-mail／aquarius@udngroup.com

法律顧問／理律法律事務所陳長文律師、蔣大中律師
如有破損或裝訂錯誤，請寄回本公司更換
著作完成日期／二〇一六年一月
初版一刷日期／二〇一六年三月
初版二刷日期／二〇一六年三月三十日

ISBN／978-986-406-049-8
定價／三二〇元

愛書人卡

感謝您熱心的為我們填寫，
對您的意見，我們會認真的加以參考，
希望寶瓶文化推出的每一本書，都能得到您的肯定與永遠的支持。

系列：Island 255　**書名：天黑的日子你是爐火**

1. 姓名：＿＿＿＿＿＿＿＿　性別：□男　□女
2. 生日：＿＿年＿＿月＿＿日
3. 教育程度：□大學以上　□大學　□專科　□高中、高職　□高中職以下
4. 職業：＿＿＿＿＿＿＿
5. 聯絡地址：＿＿＿＿＿＿＿＿＿＿＿＿＿＿＿＿＿＿＿＿
   聯絡電話：＿＿＿＿＿＿＿＿　手機：＿＿＿＿＿＿＿＿
6. E-mail信箱：＿＿＿＿＿＿＿＿＿＿＿＿＿＿＿
   □同意　□不同意　免費獲得寶瓶文化叢書訊息
7. 購買日期：＿＿ 年 ＿＿ 月 ＿＿日
8. 您得知本書的管道：□報紙／雜誌　□電視／電台　□親友介紹　□逛書店　□網路
   □傳單／海報　□廣告　□其他
9. 您在哪裡買到本書：□書店，店名＿＿＿＿＿　□劃撥　□現場活動　□贈書
   □網路購書，網站名稱：＿＿＿＿＿＿　□其他＿＿＿＿＿
10. 對本書的建議：（請填代號　1. 滿意　2. 尚可　3. 再改進，請提供意見）
    內容：＿＿＿＿＿＿＿＿＿＿＿＿
    封面：＿＿＿＿＿＿＿＿＿＿＿＿
    編排：＿＿＿＿＿＿＿＿＿＿＿＿
    其他：＿＿＿＿＿＿＿＿＿＿＿＿
    綜合意見：＿＿＿＿＿＿＿＿＿＿＿＿＿＿＿＿＿＿＿＿＿＿＿＿
11. 希望我們未來出版哪一類的書籍：＿＿＿＿＿＿＿＿＿＿＿＿＿＿＿＿

讓文字與書寫的聲音大鳴大放

寶瓶文化事業股份有限公司

（請沿此虛線剪下）

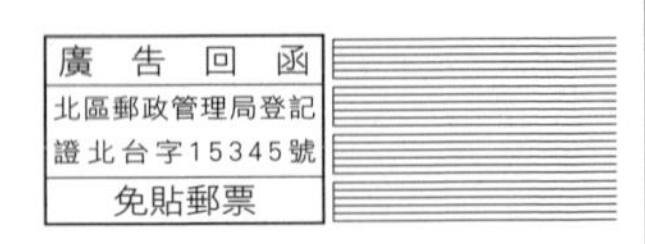

寶瓶文化事業股份有限公司收

110台北市信義區基隆路一段180號8樓

8F,180 KEELUNG RD.,SEC.1,

TAIPEI.(110)TAIWAN R.O.C.

(請沿虛線對折後寄回，或傳真至02-27495072。謝謝)